小学生日記

華恵

角川文庫 13875

目次

今まで元気をくれた、たくさんの本たちへ――

小学生日記

フリマとわたし

「それ、エンブルの？」

「ちがうよ。セブンセブン」

「あ……、だよね」

月曜日の朝。教室では、新しい洋服を着てきた子の周りで盛り上がっている。で、わたしはというと、たまに話に入っていこうとするけれど、何もわかってないのがバレバレ。そして、値段を聞くたびにドキドキする。なんかすごいよ。みんな、こんな高いもの買ってもらってるわけ？

遅刻しそうになって入ってきたサッちゃんが、わたしを見るなりひと言。

「オッ、ハナエ、そのダウンジャケット、いいじゃん。かっこいい」

さすがわたしの親友、よく気がついてくれました。そうなんだ、これ今日初めて着たんだけど、すごく気に入ってる。

わたしだって、週末に買ったものを月曜日に着て行くことが多い。みんなからは「たくさん服を持っているね」と言われているくらいだもの。実際、わたしのたんすはぎゅうぎゅうで、時々、何がどこにあるのかわからなくなってしまう。

うちがゼンゼン「お金持ち」じゃないのに、なんで洋服の数が多いかっていうと、みんなとは買う場所がちがうんだな。

お母さんは、なぜかデパートがあまり好きじゃなくて、買い物はほとんどフリーマーケットだ。いつも冷蔵庫のドアには、次のフリマ情報がマグネットで留めてある。仕事に行く以外は、たいてい家にいて本を読んでいるか、図書館に行くか……、あとはフリマに行くか、という行動パターンだ。よっぽど好きなんだと思う。カゼをひいて熱があっても、必ずフリマには行く。マスクをして、帽子をかぶって、フリマ用のカートを出して、お兄ちゃんにも色ちがいのカートを持たせて、出かける。

何を探しに行くかっていうと、「何があるかわからないから」だそうだ。まあ、だいたいは洋服なんだけれど、必ずひとつかふたつ、予想していなかったものを買ってくる。この前は、わたしに茶色のダウンジャケット、お父さんにも新品のうすいグレーのダウン。

わたしが今使っている紺色のバッグも新品だった。買ったら何千円もするはずなのに、みんな千円以下。こういうのを、思いがけない「掘り出しもの」と言うのだそうだ。お母さんは、フリマから帰ると決まってきげんがいい。

でも、それをまたお父さんに売りつけるから、ちょっとビックリ。お父さんは、ダウンを着るなり、

「こういうの欲しかったんだよ」

と言って、お母さんが要求した四千円をすぐに財布から出す。

「え、いいの？　おとーさん。それ、フリマからのものなんだよ」

思わずばらしてしまったけれど、お父さんは、

「いいんだよ。ちょうど欲しかったものだし、買い物に行く時間もはぶけたし。買ったらもっとするから」

と言う。そしたら今度は、お兄ちゃんまで調子に乗って、自分がフリマで買ってもらったネルシャツをお父さんに売りつけようとする。今度は、八百円のものを千円だって。これって、お父さん、お金をまきあげられてるんじゃない？　フリマのある日は、いつもこうだ。

わたしがお母さんといっしょにフリマに行かなくなって、もう一年近くになる。今は、お兄ちゃんが荷物持ちだ。喜んで行ってるわけじゃないけれど、フリマの後には、好きなものを食べさせてもらえるから……らしい。

以前、わたしがいっしょに行っていた時は、お母さんの買い方をよく見ていた。とにかく歩くのが速い。ちゃんと見て歩いているのかと思うほど、速い。かと思うと、突然立ち止まって、シャツを取って、じっと見る。シミがないか、穴があいてないか、ほつれがないか。ちょっとでもあると、にっこり笑って、

「でも、ここにちょっとシミがあるから、半分にして」

と言う。たいてい、思い通りの値段になって、お金を払って、またサッサと歩き始める。

一度、お母さんについて歩いていた時、すごくきれいなオーバーコートを見つけた。明るい青で、ちょっと長めだけれど、ぜったい欲しい！　と思った。この青、わたしの色だもの。思い切って、自分で値段を聞いてみると、千三百円だという答えが返ってきた。お母さんは、千円以上のものは買わないっていつも言ってるけど、欲しい。

「おかあさん、値切って」

と小さな声で言うと、

「欲しいなら、自分で頼んでみたら」

という冷たい答え。顔がカーッと熱くなるのがわかった。ドキドキしながら、

「あのう、せん……にひゃくえん……で……」

と言うと、大学生ぐらいのお兄さんが、にっこり笑って、

「いいよ、千円で」

と言ってくれた。やった！　初めて自分で買った。初めて値切った。

なんかもう、うれしくて、お金を出す手がふるえた。その後は、コートを入れた紙袋を持って、広場でヤキソバを食べて、お母さんの買い物が終わるのを待っていた。

お母さんがよく立ち止まって見るところは、大学生っぽいお姉さん、お兄さんのいるところ。値段が安くなることが多いし、新しいものも多いし、わたしの着られそうなものが見つかる。それに、そこでは、手づくりのものがあると、だいたい買う。特に、

「これ、母親がつくったんですけど、ちょっと私の好みじゃないし……」

なんていうのを聞くと、値切らずにすぐに買う。でも、なんかヘン。お母さんだっておばあちゃんがつくったものは、必ず文句を言って使わないことも多いのに、よその人がつくったものは「もったいない」と言って買うんだもの。

　そう言えば、こんなこともあった。これはお母さんの好み、ってはっきりわかる、茶色とオレンジ色のまじったキルトスカートを見つけた。思った通りお母さんは買いモードに入り、たちまち三百円のところを百五十円にまけさせた。それで、お財布を出そうとしていたら、どこかから戻ってきたお姉さんが、

「あ、せんせー！　どうしたんですかあ、こんなところで！」

とお母さんに声をかけた。すごいおっきな声で、

「それ買ってくれるんですか。うれしー。それ、わたし、はいてたんですよ。せんせー、それ授業に着てきたら、すっごいうけるんですけど。え？　ちょっとまって、マジで？　値切ったの？　三百円でも安いと思ったんですけど、ひゃくごじゅうえん？」

　お母さんのクラスをとっている大学生だったんだ、このお姉さん。

　お母さんはちょっと小さい声になって、

「じゃ、五百円で……」

と言い、ほんとに五百円玉を出した。お姉さんは、

「え、いいんですか。やった！」

とうれしそうに言い、グレーに赤い線が入ったタートルネックのセーターも、おまけにつ

けてくれた。

結局、そのスカートは、今はお母さんのお気に入りで、しょっちゅう大学にもはいていってる。セーターは、わたしが着ている。あのお姉さんは、もう卒業したのかな。

こんなふうにフリマでばったり誰かに会うことも、「何があるかわからない」うちに入ってるのかな。

「モノは、いらなくなったら、どんどん回す方がいいんだよ。うまく回ると、モノにとってもいいんだよ」

というのがお母さんの口ぐせだ。たしかに、わたしのものも、お兄ちゃんのものも、小さくなると、いつのまにか、親せきじゅうに回ったり、どこかに寄付をしたりで、きれいに消えていく。

そんなこんなで、わたしが自前の服で雑誌に載る時や、オーディションに行く時は、フリマからの物を組み合わせていることが多い。でも、わたしの足はもう24・5センチだし、なぜか手の長さが合わないことも出てきたし、体がにょきにょきと伸びてくると、大きいサイズを探さないといけない。フリマの服で固めるのも、あと二、三年かな。

来週のフリマのチラシを見ながら、

「何が見つかるかわからないから」

とお母さんはいつも同じことを言っている。わたしも、久しぶりにいっしょに行ってみようかな、と思う。

実は、わたしがフリマに行ったら、ぜひやってみたいことがある。それは、似顔絵を描いてもらうこと。ずっと前に「描いてあげる」と声をかけられたのに、はずかしくて断ってしまった。似顔絵は、お母さんが言うように「うまく回る」ものじゃないけれど、写真じゃないわたしを見てみたい。回らずに、わたしのところでずっと止めておくものがひとつぐらいあってもいいよね。

「わたしだけのもの」をフリマで見つけるのも、おもしろいかもしれない。

そうだ、来週は必ず行ってみよう。

モトイと日本語

半年前、モトイが帰ってきた。アメリカで生まれ、十二歳の今までずっと向こうの学校に通っていた、わたしの兄だ。二月の半ば、アメリカの学校は短い冬休みに入る。モトイが遊びに来るのはいつも夏休みだったので、今年は特別なのかと思ったら、母が急に、

「基《モトイ》は日本に帰ってくるんだよ。アメリカに帰らずに、ずっと日本にいるんだよ」

と言う。

モトイがこれからずっと日本にいる。わたしの「お兄ちゃん」を、みんなに自慢できる。そうだ、これから日本にいるんだから、ふつうの日本人みたいに、「お兄ちゃん」と呼んだほうがいいのかな。いろいろ考えているうち、モトイといっしょにやりたいことが次々と頭にうかんできて、わくわくしてきた。

二月十七日、モトイが帰ってきた。とても寒い日だった。久しぶりに会ったわたしの兄は、ひざに穴の開いたジーンズと大きな黒いブーツをはいて、ブカブカのジャンパーを着

ている。これって、ラップスタイルっていうんだと思い出した。クリスマスにニューヨークに行った時、こんなかっこうをしていた男の子がたくさんいた。ちょっと「ラップ」じゃないのは、肩まで届きそうな長いかみだけだ。

荷物を置くとすぐに、母はモトイを近くのとこやさんに連れて行き、かりあげにしてしまった。

「短くしてくださいって言ったら、こうなっちゃったんだよ。ちょっと短すぎるけど……、しょうがないね。すぐのびるから」

さすがの母も気にしているようで、モトイもさっきからずっとかみをさわって、下を向いている。母は、さっそく明日、モトイを中学校に連れて行くと言う。それで急いでとこやさんに連れて行ったんだ。

「いい学校だから、きっと気に入るよ」

と、モトイの顔をのぞきこんで何度も言っている。

モトイが日本の中学生。なんだか想像つかない。日本の中学生になるってことは、日本語を話せなくてはならないし、読めなくてはならないし、書けなくてはならない。もちろん、学校にも電車で通わなくてはならない。母が言っている学校は、ここから電車で五十分ぐらいかかるそうだ。とちゅう、乗りかえもあるという。それに、モトイは、日本語があまり話せない。中学生の教科書は、四年生のわたしのよりも、ずっとむずかしいはずだ。わたしが日本に帰ってきた時は、まだ六歳だったので、日本語を覚えるのはそんなに大変だとは思わなかった。でも、モトイはもうすぐ十三歳。急に中学校の勉強を日本語でするなんて、わたしには考えられない。

その学校は、外国から帰ってくる「帰国生」という子たちが多いそうだ。母は、あちこちに相談して、その学校をしょうかいされたのだ。実際に行って、とてもいい学校だったとよろこんでいる。モトイは、「外国の子もいる」という母のひと言で、その学校を見てみようという気になったらしい。今までは、「日本の学校には行きたくない」と言っていたのに。

モトイは、日本の学校が好きではなかった。小学一年と二年の夏、一か月間だけ体験入学で福島の学校に行った時、そこでいつも「ガイジン」と呼ばれ、指をさされたりしたのがいやだったという。「ガイジン」は、モトイひとりだった。でも、ニューヨークには、いろんな国からきた人がたくさんいる。学校にも、アフリカやヨーロッパや、アジアや、とにかくいろんな国の友だちがいる。モトイがニューヨークの学校が好きなのは、それが一番の理由だそうだ。だからわたしは、モトイが日本の中学校を見に行っても、やっぱりいやだと言って、アメリカに帰ってしまうのではないかと心配になった。

ところが、今回はちがっていた。学校を見に行った日、モトイはうれしそうに帰ってきて、わたしに、

「中野三中っていうんだよ」

と、自分の学校のように話す。校長先生と教頭先生に会って、学校の中も見て、「中野三中」に行きたいと思ったという。これから、がんばって日本語を勉強するという。二年生のイギリス人の女の子が、一対一で英語の先生から日本語を教わっていたこと。階段を上がるとすぐに、マーティン・ルーサー・キング牧師について調べたことが大きくはりだされてあったこと。おいしそうなランチがあること。次から次へと、わたしに中野三中で見たことを教えてくれた。

四月まであと一か月半。モトイの日本語勉強が始まった。母は、まずひらがなとカタカナをもう一度始めから教えた。モトイは、忘れてしまった字がたくさんあって、特に、「め」や「ぬ」、「ね」や「れ」、「ソ」や「ン」や「リ」はめちゃくちゃだった。

一週間でひらがなとカタカナをなんとか覚えると、母は小学校一年生から六年生までの

国語の教科書を買ってきた。朝、お仕事に行く前にモトイに宿題を出して、夕方、帰ってくると、チェックする。モトイは、アメリカにいた時は英語が得意で、スペルを覚えるのが速いと、いつも自慢していた。それが漢字を覚える時になると、全然ちがっていた。毎晩の漢字テストでは、二時間も勉強したのに、十問のうち、ひとつかふたつしかできない。わたしがちょうど部屋にえんぴつけずりをとりに入ってきた時だった。赤ペンでバツが次々とつけられ、母がひと言、

「直しなさい」

と言い、ノートをモトイの前に返すと、モトイの顔は真っ赤になり、メガネの奥から涙がこぼれるのが見えた。母は、わたしをおこる時とはちがって、静かに、

「どこがまちがったのか、よく見て、何回も練習しなさい」

と言っている。

日本語は漢字もあるから、英語よりむずかしいと、この間テレビで外国人が言っていた。英語はアルファベット二十六文字だけなのに、日本語はひらがな、カタカナのほかに、漢字があって、覚えるのが大変だと。でも、わたしはそう思わない。だって、わたしは英語のスペルがなかなか覚えられないから。モトイが日本に帰ってきてから、わたしも英語を

ちゃんと書けるようになりたいと思って勉強を始めたけれど、ひとつひとつ、きちんとスペルを覚えるのは、大変だ。特に、単語の最後に「e」がつく時とつかない時のちがいがわからない。英語のスペルは発音通りではないので、なかなか覚えられないのだ。モトイもまだ漢字になれていないから、こんなに時間がかかっているのだと思う。

母は、モトイが全部できるまでテストするという。でも、モトイは二回目のテストでも三十点。ノートをこぶしでたたき、くやしそうに泣いている。母は、書き順や、止め、はらいなどは厳しく言わないが、モトイのわきに座り、ひとつひとつ、できるまで何度も練習させている。モトイは、涙とはなを、うででぬぐいながら書き続ける。五回目ぐらいのテストでようやく全部できた時、母は、ほっとしたように少し笑って、

「これでいいよ。よくがんばったね」

と言った。モトイはちょっとびっくりしたような顔でうなずき、最後のテストをじっと見ながら、また涙をこぼした。

こんなことが毎晩続いた。母とモトイは、毎晩十時ぐらいまで、国語と漢字の勉強をしている。わたしはそれを見て、大変だなあと思った。

でも、日中、モトイは家にひとりでいたせいか、どんどんサボりだした。勉強をせずに、

一日中テレビを見ていたり、だらだらしていたりで、母が仕事から帰るなり、おこられる。その時の母は、やさしいお母さんから、こわいお母さんに変わる。そして、夜までおこっている。おこりながら夜中まで教えている。モトイはますます漢字が書けなくなり、また泣き出す。こんなことなら、昼間、少しでも勉強しておけばよかったのに。ふたりとも、勉強が終わる頃はへとへとに疲れているのだ。

モトイの楽しみは週に二回の空手で、空手のある月曜日と金曜日は、まるでちがうモトイになる。出かける一時間前になると、自分で空手着にアイロンをかけ、水とうにお茶を入れる。空手に行く準備をしている時は、必ず日本語でわたしに話しかける。ご飯もさっさと食べて、大きな声で「行ってきます！」と走って出て行く。全然だらだらしていない。それで、帰ってきた時も、インターフォンではっきりと「ただいま！」と言う。空手から帰ってくると、モトイはずっと日本語でしゃべっている。わたしはそれを見て、いつも不思議に思う。モトイが家で日本語を話すのは、空手に行く前と帰ってきてからだけなのだ。

四月。モトイが楽しみにしていた入学式がやってきた。どの写真を見ても、母は緊張気味なのに、モトイはうれしそうに笑っている。日本の黒いつめえりの制服は、モトイには似合わないだろうと思っていたけれど、こうやって見ると、全然おかしくない。帰ってきた時にかりあげたかみも少しのびて、制服に似合っている。学校の門の前で「気をつけ」のしせいをしているモトイ。顔は思いっきり笑っている。

担任は小島先生。英語の先生だ。母は、

「英語の先生で、よかったね。わからないことがあっても、いろいろ聞けるものね」

と言って、よろこんでいるが、モトイは、

「ぼくは日本語で話すよ」

と言う。さっそく今日、先生に、定期を買う時のしょうめい書のことも日本語で聞いてきたそうだ。

それを聞いて、わたしもそうだったと思い出した。わたしも日本にきてから、母に、

「これからは日本語で話すから、お母さんも日本語だけにして」

と頼んだことがあった。その時の母は、ちょっとおどろいたような、困ったような顔をしていた。わたしは、日本語になると赤ちゃんのようにちょっとしか話せなくて、言いたいことがわかってもらえないこともあったから、本当は、英語の方が母とは話しやすかったのだ。でも、これからずっと日本に住むのだから、とにかく早く日本語が上手に話せるようになりたかった。「少しずつ」ではなく、全部日本語にきりかえてしまった方がいいと

思った。日本語で話して、ちゃんとわかってもらって、「うまくなったね」と言われると、とてもうれしかった。だから、モトイが日本語でがんばりたいというのは、わかるような気がした。

モトイは、学校が始まって、忙しくなった。電車通学なので、朝は七時に家を出る。週末も、日本語、日本語で、土曜日の午後には、中野区の日本語ほしゅう教室というのに行く。日曜日は、教会のミサの後、四ッ谷《よつや》の修道院での日本語教室に行く。中野三中には、帰国生のために「引き出し授業」というのがあって、モトイは英語の授業の時に、別の教室で国語の先生から勉強を教えてもらうそうだ。なんだかうらやましい。わからないところも、先生がくわしくつきっきりで教えてくれるなんて。わたしは、塾でも、ひとりで教えてもらったことなんかない。

モトイは、家で国語の勉強をした時、小学校三年生の教科書まで終わっていたので、それを続けて「引き出し授業」で教えてもらうことになった。母は「やっと小学三年生」と言うけれど、モトイは、一か月半で三年生の教科書の半分までできてしまったのだ。わたしは、もうすぐ追いつかれてしまうのではないかと、ドキドキした。あと少しで四年生の教科書に入ってしまう。もちろん、わたしの方が日本語を話せるし、本も読めるけれど、モトイの漢字を覚えるスピードは、どんどん上がってきた。モトイは、母よりもわたしにいろんなことを聞いてくるが、わたしは、だんだん答えられないことが多くなってきた。

でも、学校の勉強は大変そうだった。最初の頃は、母がいつもわきに座って読み方を教えていたけれど、モトイはいつも「だいじょうぶ」と言う。それで、ひとりで勉強をすることが多くなっていった。母は、大学で英語を教えているので、とても忙しく、夜も勉強をしていることが多い。兄の勉強にはずっとついていられないので、

「わからないところがあったら、お母さんに聞きなさい」

と言い、すっかりモトイを信用していた。けれど、モトイは全然だいじょうぶではなかった。中学生になったら、中間テストというのがあるそうだが、その時の点数はだいぶひどかったらしい。母は、

「こんな悪い点数見てると、めまいがする」

と言って、モトイをおこっていた。おこられていた兄も大変だけれど、おこっていた母も大変だった。いつもねむそうで、疲れているように見える。母は、モトイとの勉強が終わってから自分の仕事をするのだ。

期末テストは、もっとひどかった。

「中間テストよりも自信がある」

と言うので、母は安心していたようだが、期末テストの結果が、いつまで待ってもこない。結局夏休みに入る三日前、学校から電話があり、モトイがテストの結果をかくしていたことがわかった。その時の母のばくはつは、すごかった。今までのテストをかくしていたり、できないことを正直に言わなかったことで、また夜中までおこられた。とうとう、

「なんでこんな結果になるの」

と母が言うと、モトイは小さい声で、

「日本語がわからないから」

と言う。

「そうじゃなくて、毎日ちゃんと勉強しなかったからじゃないの。日本語がわからないんじゃなくて、勉強しなかったからだよ」

と、ますます声が大きくなる。

　モトイは、

「でも、日本語がわからないから」

と同じことをくり返す。こういうことを言うと、次に母が言うことは決まっていた。

「それはいい訳なの」

でも、母がそれを言う前に、モトイはまっすぐ母を見て、英語で言った。

「アイ　ワズント　ライク　ディス　イン　アメリカ」

（ぼくは、アメリカではこんなじゃなかった）

母は、何も言わず、モトイを見た。それから、考え込むようにテーブルに目を落として、黙っている。モトイは、立ったまま、くやしそうな顔で下を向き、涙をぽろぽろ落としている。それをふこうともせず、両手をぎゅっとにぎったまま……。

わたしには、モトイが言いたいことがわかるような気がした。モトイは、日本にきてから、「できない」ことが「できる」ことよりも多い。アメリカにいる時は、得意なものがたくさんあって、わたしがクリスマスに遊びに行った時、いろいろ教えてくれた。コンピュータのこともよく知っていて、ホームページもかんたんにつくってしまう。学校のジャズバンドでドラムにえらばれて、えんそうした時のビデオも見せてもらった。アメリカで英語が得意というのは、日本の学校で国語ができるのと同じことだ。モトイは、アメリカでは、いろんなことができて、もっと、どうどうとしていた。「頼れるお兄ちゃん」だった。でも、日本では、わたしが教えてあげることの方が多い。ここにはモトイの好きなドラムもなく、ドラムスティックと練習用のドラムパッドだけが、きちんとベッドのわきにそろえてある。コンピュータも、「日本語の勉強の方が先」と母にきんしされている。モトイは、だんだん「できないこと」ばかりになってきてしまった。誰かにわからないことを聞かなければならない。でも、それはいやだったのだろう。母は、数学のテストでも、文章問題がわからないなら、「先生に聞きなさい」と言うけれど、モトイは、聞きたくなかったのだ。家での勉強でも、「わからないところは、お母さんに聞きなさい」と言うけれど、これ以上、母にもできないところを見せたくなかったのだと思う。わたしは、なんとなくわかるんだ、そういうモトイの気持ちが。

「でも、聞かないと……、わからないところは、そう言わないと、できるようにならないよ」

と母はポツリと言った。

モトイは、何も言わず、黙っていた。そしてしばらくして、少しだけうなずいた。

夏休みに入り、モトイは学校のキャンプから帰ってくるとすぐ、教会の中学生会キャンプに出かけて行った。中学生会には、いろんな学校の中学生が五十人位いて、日曜日に教会でいっしょに遊んだり勉強したりしている。この間は、イギリスから少年合唱団がきた時、交流会があったりで、わたしはとてもうらやましかった。モトイは、中学生会で友だちが何人もできて、とても楽しそうだ。

今回のキャンプは、長野に三泊四日。テーマは「かのうせい」だそうだ。「かのうせい」ってわたしは何のことだかわからないけれど、とにかくキャンプファイヤーなどもあって、おもしろそうだ。その「かのうせい」の話し合いをするために、ひとりひとり、自分の自慢できるものを何か持って行かなければならない。モトイは、ドラムスティックとドラムパッドをバッグに入れた。

四日後、わたしと母が教会にむかえに行くと、ちょうどみんな帰ってきたところで、モトイは列の中からわたしに気づいて、はずかしそうに手をあげた。日に焼けた顔だけではなく、なんだか今までのモトイとは少しちがって見える。帰りの会が終わり、四ッ谷の駅に向かう時、

「すごく楽しかった」

と何度も言い、母に、

「キャンプに行かせてくれて、ありがとう」

と、大きくにっこり笑って言った。わたしは急に、アメリカにいた時のモトイの顔を思い

出した。母はちょっとおどろいて、

「そうなの？　楽しかったの？　よかったね」

とやさしそうに笑った。

　電車の中でも、ずっとキャンプの話だった。みんなでご飯をつくったこと。きもだめしや花火をやったこと。自分の「かのうせい」について話しあったこと。その後、キャンプファイヤーでみんなで歌ったこと。感激して、泣いた子もいるという。モトイも、ちょっと涙が出たというので、母はじょうだんっぽく、

「そっかあ、おこられて泣くのとはちょっとちがってたかな？」

と言って笑った。モトイは、

「日本にきて、一番楽しかった。本当に、本当にすごく楽しかった」

と何度も言う。そして、自分から、

「これからは、ちゃんと勉強する」

とまで言いだした。中学生会の友だちが勉強のできる子ばかりだからだそうだ。自分も同じようになりたいからだと言う。同じレベルになりたいと言う。それからモトイは、ちょっとよれよれになった紙を広げて、わたしと母に見せた。

「これ、ぼくがつくったんだよ。りんたろうとぼくがつくって、歌ったんだよ」

それは、「かのうせい」を話し合った時に発表したものだった。最後の日、ひとりずつ、自分の「かのうせい」を考えて、みんなの前でひろうする。モトイは、中三のりんたろうくんといっしょに、キャンプの歌をつくった。りんたろうくんはギターをひきながらハーモニカをふく。モトイはドラムをたたく。持って行ったドラムスティックとドラムパッドを使って。

『夏を感じさせる真っ赤な太陽が
僕らの気分を晴らしてくれる
自然の緑にきれいな青空
このままでいい　これがいい
みんなといる時　たくさんの笑顔で
つつまれている時には
本トに楽しくなる
緑のなかで　みんなと楽しく遊ぶ

この夏キャンプ
この楽しい時間わすれないで
みんな思い出にきざもーよ』

ノートをやぶいた紙には、モトイの字で、一番の歌詞が書かれてある。ちゃんと漢字が使われている。全部モトイの字だ。なんだか信じられない。モトイがこんなに漢字が書けることを、今、初めて知った。こんなに日本語が書けるんだ。それに、歌詞を書いただけじゃなく、りんたろうくんと二人で曲をつけて、歌って、えんそうしたんだ。モトイ、かっこいい。

「かのうせい」って、こういうことを言うのかと、少しわかったような気がする。自分ができること、自分が持っている力、本当の自分を見つけることなのだろう。モトイは、みんなの前で自分の「かのうせい」を発表して、それを確かめた。モトイはわかっていたんだ、自分の「かのうせい」を。

モトイが帰ってきて、母は、モトイにコンピュータのサイト作りをまかせることにした。それに、ドラムも、学校かどこかでできる方法を探してみよう、とモトイと約束した。もちろん、モトイは大よろこびだ。キャンプにも行けて、楽しい思いをして、帰ってきてこんなに大きなごほうびが待っていたのだから。

ドラムとコンピュータだけではなく、モトイには空手もある。六月には黄色の帯になったし、九月には初めて大会にも出るそうだ。モトイの「かのうせい」は増えるばかりだ。

モトイの机の上には、キャンプでつくった歌詞が、いつもきちんと置いてある。母は、そうじをしながら、時々それを開いて見ている。わたしは、今朝、その紙切れの一番下に、小さく星印「もといのソロ」と書かれてあるのに気づいた。

『また きっと 来年もやってね

中学生会 夏キャンプ』

来年、モトイはどうなっているだろう。ドラムをやってるかな。空手の帯は何色かな。日本語はどの位うまくなっているだろう。

今、テーブルをはさんで、わたしの目の前で、モトイは漢字を練習している。母は、せんたくものを干したら、またモトイのわきに座る。母も大学が夏休みなので、毎日、モトイの横に座り、いっしょにがんばっている。母は、相変わらず、ちょっとだけほめて、あとはおこっている。モトイは相変わらず、しょっちゅう泣きながら勉強している。でも、漢字は、もうすぐ四年生の下の教科書が終わる。最近は、母から出される漢字のテストで、三十個もあるうち、モトイがまちがうのは一つか二つしかない。

モトイ、がんばって。「かのうせい」を、みんなの前で発表できるモトイ。泣いても、がんばるモトイ。モトイはわたしの自慢の兄だ。

〈読売新聞社主催　第五十一回全国小・中学校作文コンクール東京都審査　読売新聞社賞受賞作品〉

太秦《うずまさ》のオードリー

3月24日（月）09：00 p.m.

とりあえず京都に着いた。

東京を出る時は大変だったんだ。お兄ちゃんが時間までに帰ってこなくて、新幹線に乗り遅れてしまった。それに、帰ってきてからお母さんにおこられると「行きたくない」と言い出して、もう、みんなカンカン。結局お兄ちゃんぬきで行くことになった。旅行っていうと決まってケンカになるけど、今回もそうだよ、まったく。

急いでタクシーに乗ったけれど、新幹線には間に合いそうもない。

「だめだな、もう。どうする？　神保町《じんぼう》で戻ろうか」

お父さんがため息をついて、ぼそっと言う。一か月も前から楽しみにしていたから、がっかりしているのがわかる。わたしだって行きたいよ。初めての新幹線だし……。

「それとも、とりあえず東京駅に行ってから考えようか……」

提案を付け加える。行きたいんだ、やっぱり。お母さんがうなずいて、決まり。行きの切符四枚はムダになってしまい、三人分の切符を買い直すことになった。

「最初からこんなで……、もうムダづかいできないからね」

ってお母さんが言うので、わたしは、ケチ旅行になることを覚悟した。

でも、いったん切符を買ったらお母さんのきげんも直って、デパートの地下に行って、おいしそうなお弁当をいっぱい買った。なぜかふんぱつして、わたしには大好きなイカとトロのにぎり。

新幹線が動き出すとすぐ、お寿司を食べながら外をながめた。品川あたりを過ぎると、真っ赤な夕日が沈むところが見えた。すごいきれい。夕日を見るのは、去年、九十九里浜での映画のロケ以来だ。あそこでは、海に日が沈んで行ったけど、ここは、工場のような建物の後ろに沈んで行く。

しばらく外を見ていたら、だんだん真っ暗になってきて、わたしもいつのまにか眠ってしまった。

で、目がさめたら京都。

京都は雨。東京よりも暖かい。駅の中を歩きながら、上の方に「宇治《うじ》」とか「福知山《ふくちやま》」とか、地図帳でしか見たことのなかった土地の名前がいっぱい見える。ほんと、京都にきちゃったよ。

でも、こんな雨でだいじょうぶかなあ。明日にはわたしが一番楽しみにしている映画村、ウズマサだ。

3月25日（火）

やっぱり雨。ホテルから傘を借りて、まず清水寺《きよみずでら》へ。それから、八坂《やさか》神社のあたりを歩いた。「椿屋」のような家ばかりで、オードリーが出てきそうなふんいきだ。

京都と言えば、なんたって「オードリー」。三年ぐらい前、毎朝必ず見ていたNHKのドラマだ。大好きだった。ポニーテールのオードリー。椿屋で着物を着た、きれいなオードリー。映画を撮っている時のショートカットのオードリー。はっきり覚えている。

太秦は、あのオードリーが通ったところだ。だから、どうしても行きたかった。

わたしは、オードリーを思い出して、ドキドキしながら映画村の入り口に立った。

ゲームセンターのような、映画館のような建物を通ると、いつのまにか時代劇の世界。入り口で「中にお食事できるところがあります」と言われたけれど、こんなとこに本当にあるのかな……と思って左側を見ると、古いうどん屋があった。外のメニューを見ると、「うどん30円」だって。いつの時代のもの？

もう少し行くと、右側に本物のうどん屋があった。お昼はうどん、と決めていた。オードリーも映画の仲間とよくうどんを食べていたから。お母さんは、きつねうどんを一口食べて、

「なにこれ。おいしい。涙出そう」

と言う。わたしの「うどんすき」も、つるつるシコシコしていておいしいけれど、あったかいうどんは、うすーい色をしたツユで、いい匂いがする。お母さんのをちょっともらって飲んでみると、やっぱりおいしい。味はもちろんだけど、香りがちがう。おしょうゆがどっぷり入ったようなツユじゃなくて、なんかちがう。何だろう。

うどん屋の外には、お侍さんが立っていて、ここはすっかり江戸時代。「オードリー」の撮影と「暴れん坊将軍」とがいっしょになったような感じだ。

二時からの忍者ショーに間に合うように、十分前に行くと、もう座れないくらいぎっし

り。でも、前から二列目にちょうど三人分の席が空いていて、お母さんとお父さんとわたしとで座れた。

音楽とセリフがびんびん響き、上からスルッと飛び降りてくる忍者二人と、たったひとりの女忍者がかっこいい。シャッキーン！　と剣がぶつかり合う音がして、走ったりクルクル回ったりのアクションがすごい。女忍者は、動くたびに長いかみがさらさらゆれて、額や首に汗がキラキラ光って見える。テレビは一部しか映さないけれど、これってナマだから、全部見える。目の前で、実際に何人も動いているのを見るのって、すごい迫力。かっこいい。オードリーが時代劇に夢中だったのがわかるような気がする。

ショーが終わって、写真屋さんに直行した。衣装を着て撮ってもらえる。さっきの忍者を見て、わたしも衣装を着てみたくなった。たくさんの衣装の中で、ぱっと選んだのは「紫頭巾《ずきん》」。これしかない！

「三分でできます」

っていうのはホントだった。ああいう写真って、衣装は前にだけ着けるんだね。頭巾も帯も、写真に写るところだけだ。

刀は思ったより重くて、持ったとたん、手がぐらっとした。しっかりと構えて、カメラマンさんを見て、パシャッ、で終わり。

すぐに「紫頭巾ハナエ」の写真ができあがった。思った通り、すごく気に入った。

太秦は最高。昔の映画のスチールがたくさん並んでいるのを見て、またまた「オードリー」を思い出した。

なんで「オードリー」がこんなに好きなのかっていうと、あの「オードリー」は、ただ映画に出たんじゃないんだよ。最後には脚本を書いて、映画監督になったんだ。特に、ラストシーンは忘れられない。オードリーに関わってきた人がみんな集って、試写会でオードリーのつくった映画「ムサシ」を見る。美人で、自分の夢を持っていて、脚本を書いて、映画をつくるオードリー。

オードリー、大好き！


05：00 p.m.　大阪・鶴橋。

夕飯に、お好み焼きとチヂミを食べに行く。

うちは、みんなキムチをばくばく食べる。これって、わたしが生まれた頃からなんだって。ニューヨークでわたしをめんどう見てくれた韓国人のおばさんは、いつもうちにくる時、キムチやナムルを持ってきてくれた。それで、わたしはモヤシのナムルが大好き。

「かぜをひいたら、キムチを食べて、お茶をいっぱい飲んで、あったかくして寝て、汗をいっぱいかくと、すぐ治るからね」

って教えられて、お母さんはその通りにしていたから、わたしのうちでは、かぜをひくと、おかゆとキムチとコーン茶。

それから、昆布を油で揚げておさとうをまぶしたものを教えてもらって、おやつによくつくっていた。あれ韓国語で何て言うのかな。お兄ちゃんが「パリパリ」っていう名前をつけて、今でもうちではそう呼んでいる。

鶴橋で入ったのは、テーブル二つとカウンターだけの小さいお店で、カウンターで食べているお姉さんが荷物を動かしてくれて、やっと三人座れた。おばさんがふたり、お好み焼きを焼いている。後ろのおじさんたちは、笑いながら大きな声で話しているけど、よく聞かないと何を言ってるのかわからない。初めて聞く大阪弁。おばさんは、わたしに水を出してくれるのと同時に、おじさんたちに大きな声で、

「うるさい。しばくで」

と言って、みんなどっと笑う。

となりのお姉さんは、おばさんが目の前で切ってくれたチヂミを、ひとりで静かにもくもくと食べている。仕事の帰りみたいで、かっこいいお姉さんだ。なんか不思議なふんいき。テーブルのにぎやかなおじさんたちと、カウンターの静かなお姉さん。

出てきたチヂミは、ちょっと小さめで、さっぱりしていて、すごくおいしい。いつも食べている油っぽいのと全然ちがうよ。それに、お好み焼きも、ブタ肉がカリカリしていて、おいしい!!

おばさんは、わたしに水をついでくれながら、にっこり笑って、

「な、うまいやろ」

と言う。口の中がいっぱいだったから、うん、うん、とうなずくと、おばさんは、

「おまけや」

と言って、ニラチヂミも焼いてくれた。

左側の、さっきのお姉さんを見ると、チヂミを五枚ぐらいとお好み焼き二つを全部ひとりで食べてしまっていた。びっくり。水を飲みながら、音も立てずに、ゆっくりと食べているみたいなんだけど、みるみる間になくなっていった。あんなに食べたのに「くった、

くったー」って感じじゃなくて、スーッと立ちあがって、お金を払って、さっそうと出て行った。大阪には、こういうかっこいいお姉さんがいるんだ。

わたしたちも、あのお姉さんほどじゃないけど、お腹いっぱい食べて、その後、近くでキムチをたくさん買った。ここでも岩のりをおまけにつけてもらって、お母さんは「安い」と感激していた。さっきあんなに食べたのに、お父さんも「後でホテルで食べるから」と言って、キンパ（のり巻き）とかチャプチェ（春雨のいため物）も買った。

たった二時間の大阪。その後、また電車を乗り継いで、京都のホテルに戻った。お母さんは、

「大阪にきて良かった」

とずっと言っている。大阪って言っても、鶴橋だけだよ。わたしは、時々テレビに出てくる、大阪の「グリコ」のマークとか見たかったな。

3月26日（水）

朝早く起きて、お父さんといっしょに、近くの三十三間堂へ。お母さんは疲れ切って寝

ていた。「きのう、キムチ食べたから、もういい」のだそうだ。

お昼は祇園《ぎおん》。高くてだいじょうぶなのかな、と思ったけれど、めずらしくお母さんは「いいよ、いいよ」と言う。今までけっこう安くておいしいものを食べてきたから、最後の日ぐらいは、って思ったのかもしれない。

注文する時、お父さんが、

「二千円の定食三つ」

って言ったら、そこのおじさん、少し黙ってから、

「うちは定食じゃなくて、コースなんです」

と言う。お父さんはへらへら笑って、

「あ、すみません。コース、お願いします」

と言い直した。なんか、よけいはずかしい。お父さん、ちゃんと見てよね。メニューに「コース」って書いてあるじゃない。わたし、ちょっとドキドキした。

でも、こういう時、東京のレストランだったら、お客さんに「ちがいますよ」って言う？　京都では、ちゃんとしなくちゃいけないんだな、と思った。

でも……、定食とコースのちがいって、何だろう。お母さんは、

「全部いっしょにパッと出てくるんじゃなくて、ひとつひとつ、そろりそろりと出てくるってことかなあ。多分そうだよ」

って言ったけど、結局、出てきたのはふつうの定食っぽかった。

小さい器に入ったとろろを見て、お父さん、今度はちょっと緊張して、

「これはどうやって食べればいいんですか」

と聞いた。おじさんは、

「そのままでも、ご飯にかけてもよろしいです」

と言う。そりゃそうだよね。わたしは、とろろが大好きだから、ご飯にかけて食べられるとわかって、ほっとした。でも、食べ方をまちがえないように、お母さんをようく見て、卵焼きを一口食べると、わたしも卵焼き、ご飯を食べるとわたしも……、って感じで、全部まねして食べていたから、緊張しっぱなしで、おいしいのかおいしくないのか、よくわからなかった。

午後には大原のお寺めぐり。お寺はお父さんのコース。庭を見て、お茶を飲んで、

「こういうところにきたかったんだよ」

と満足そうだ。花粉症がひどくて、目を真っ赤にして、マスクをして、くしゃみをしながらなのに、うれしそうだった。夕方までずっとお寺ばかり。

05：30 p.m.　京都駅

あと一時間ぐらいで新幹線に乗る。

今回の旅行は、出かける時はケンカになったけれど、旅行中はだいじょうぶだった。みんな、きげんがいい。

「何がよかった？」

とお母さんが聞くと、お父さんは大原。わたしは太秦。お母さんは鶴橋。みんなちがう。

でも、みんな、お気に入りのところができた。ぜったい、またくるよ！

4月5日（土）

あれから、うちはキムチばっかり。宅配便で送ってもらうことにしたそうだ。冷蔵庫の中はキムチだらけ。わたしは、春期講習に持っていくお弁当は、これで一週間連続でキムチおにぎり。どういうのかっていうと、真ん中に、味付け岩のりと、イカキムチが入っている。それがおいしくておいしくて、大きいのを三つ持って行くんだけど、たちまち食べちゃう。お昼になると、男の子たちから、

「毎日同じだな」

と言われて、先生からも、

「変わったおにぎりだね」

と言われる。でも、これ、ヒットだよ。全然あきない。

あの時、お母さんにおこられて、旅行に行かずにおばあちゃんの家に行っていたお兄ちゃんは、帰ってくるとちょっとおとなしくなっていた。わたしに「どうだった?」って何度も聞くから、旅行に行かなかったことを後悔してるのかな。バカだね。京都は楽しいぞ。

太秦で撮った「紫頭巾《ずきん》」の写真をいろんな人に見せるんだけど、そのたびに爆笑される。なんでだろー。事務所の窪田さんも、見るなり笑い出した。

「ハナエちゃん、あんまり似合っているから」

と言うけれど、ほんとにそう思ってんのかなあ。ちょっと心配。でも、わたしが気に入っ

てるから、いいや。今度行ったら、また太秦に直行するんだ。そして、今度はあったかいうどんを食べて、本物の撮影も見てみたい。来年の春には、また行けるかな。今から楽しみ。

おばあちゃんのつむぎ

四月はわたしの誕生日があるから楽しみにしているんだけど、今まで毎年、何をしたのか、何を買ってもらったのか、あんまり覚えていない。

お誕生会みたいなものも一度もなかったし。

すごく小さい頃、チョコレートアイスクリームのケーキを食べたのは覚えている。

去年は……おすしだったっけ？

アメリカの幼稚園にいる時、先生がよく、

「四月はライオンのようにやってきて、子羊のように去って行く」

って言っていた。アメリカでは四月というと、強い雨が降ったり、風が吹いたりで、ライオンみたいにウォーってやってくる。

だから、カレンダーの写真も四月は雨。

日本の桜のイメージとはちがう。でも、四月が終わって五月になる頃は、天気も穏やかになって、それが「子羊」みたいなんだって。今年のわたしの誕生日は、そんな感じだった。

誕生日の二日前に学校で熱が出て、夜十一時過ぎると四十度に上がってしまい、救急病院に行くことになった。体がガタガタふるえているし、歩けなくて、お父さんにおんぶしてもらった。

大通りに出るまで、お父さんが私をおんぶして走ろうとするんだけど、

「う……、ちょっと……おもい……」

と言いながらヨタヨタしている。

自動販売機の前で立ち話していた男の人と女の人が、こっちをじーっと見ている。

わたしだってこんなかっこうではずかしいけれど、おりて歩けそうもないし……。

遅れて後ろから走ってきたお母さんは、ちょっとおこりながら、

「なんで先に行っちゃうの。こんな夜中に、こんな大きい女の子をおんぶして歩いてたら、変に思われるよ」

と言う。

「え、何が？」

息を切らしながらお父さんが聞く。

「だから、あやしいオヤジが女の子をゆうかい、とか……」

こういう時も、お母さんは本気で極端なことを言う。お父さんは、

「う……ん……」

と言ったきり、タクシーに乗っても落ち着かない様子だ。

「ハナエ、はだし？　サンダルも持ってこなかったの？」

お母さんから聞かれて、お父さんは、

「あ……、それどころじゃなかったよ。なんかもう、ビックリして……」

と言いながら、ズボンのポケットを触って、あわてている。

お財布も何も持ってこなかったみたい。そう言えば、雨も降っていたのに、傘もささないで、急いでわたしをおぶってきてくれたんだ。

お母さんは、カバンの中に保険証とかお金とか、タオルとか、いっぱい用意してきて、
お財布をごそごそと出しながら、

「ったくもう……」

とつぶやいている。

わたしは、お父さんとお母さんの話をそこまで聞いて、眠ってしまった。

救急病院に着いて、お医者さんに診てもらう時に吐いてしまい、注射をして、点滴をして、三時間もそのままだった。

お母さんは時々様子を見に入ってきて、しばらく点滴を見上げて、

「けっこうかかるねえ」

と言って、また待合室に戻って行く。

点滴が終わって、診察室を出ると、お父さんは待合室のいすで、うでぐみをしたまま眠っていた。

薬をもらって、わたしはまたお父さんにおんぶしてもらって、タクシーに乗って帰ってきた。家に着くと、もう朝の四時近く。

その日は土曜日で、みんなお休みだから、少し安心して寝た。

次の日は塾をお休みして、その次の日のテストも休んだ。

こんなの初めてだったけれど、とにかく家でずっと寝ていた。

わたしは、自分のベッドよりもふとんに寝るのが好き。日曜日の朝、和室で寝ているわきで、お母さんが夏服を出して、アイロンをかけたり、わたしの小さくなった服を整理したりしていた。ついでに、着物のたんすを開けて、中をいろいろチェックしながら、

「もう、これはハナエのだよね……。今年か来年、着られるかな」

と言っている。

お母さんは、「たとう紙」っていう白い紙に包んである着物をひとつひとつ取り出して、細いヒモを解いて、中を開けた。

「そうだ。もうお母さんが着ないのは、全部ハナエにあげるね。それに、多分、今日、おばあちゃんがくる時、お母さんが直すように頼んでおいた着物も持ってくるよ」

そう言えば、今日は、お昼頃、おばあちゃんがくることになっている。

「これは琉球《りゅうきゅう》つむぎ、っていって、お母さんが高校を卒業する時につくってもらったんだよ」

と言いながら出してくれたのは、白地に水色やうす緑の鳥が飛んでいる。

その上に、濃い水色のような、不思議な模様の帯を置くと、お母さんは満足そうに笑っ

て言った。

「ハナエの色だね」

うん、そんな感じ。急に興味が出てきて、ふとんから起き上がって、肩にかけてもらった。

七歳の時に着た着物とも、花火大会に行く時に着るゆかたともちがって、なんか不思議。ちょっと大人っぽく見える。お母さんがほとんど着なかったものは、オレンジとか、ピンクとかのきれいな色で、そういうのは全部わたしのものになった。

「これだけあればいいや」

と言って、お母さんが別にしたのは、黒っぽい色の着物二枚。おばあちゃんが縫ってくれたもので、「大島つむぎ」って言うんだって。「つむぎ」って、日本全国のいろんな名前がついていて、洋服とちがっていて、おもしろそう。

おばあちゃんは、年とって学校の先生を辞めてから、着物を縫うのを習って、今はよその人の着物もつくっている。おばあちゃんのお母さんも、着物を仕立てていたそうだ。

だからなのかな、お母さんも着物が好きで、大事にしている。

お母さんは、一番下にあった着物を取り出して言った。

「これ、きれいな色でしょ」

「でも、なんか、シワシワだよ」

「バカ。これ、しぼり、っていうんだよ。わざとこうなってるの」

「……でも、この着物、短くない？」

「これ、着物じゃないよ。羽織っていうの。着物の上に着るの」

わたしが知らないことばかりで、面倒くさそう。

でも、よく見ると、ピンクがぼーっと広がってきれい。

「この羽織、今日おばあちゃんが持ってくる着物に合うよ」

と言って、お母さんはそれだけ残して、後はきれいにたたんだ。

お昼頃、おばあちゃんがきた。いつもの通り、のり巻きや、まぜご飯や、野菜の煮たものとか、両手にたくさん持って、それにリュックも背負って、すごい荷物。

今日は家にくるとすぐに、

「ハナちゃん、ハナちゃん、着物」

と言って、リュックの中から取り出した。

「そんな中に入れてきたの？」

お母さんがびっくりして聞くと、おばあちゃんは自信たっぷりに、

「だいじょうぶだよ。ほら。きれいに包んできたもの」

と言いながら、畳の上に着物を広げて見せてくれた。

この色も、初めて見るような色。「えんじ色」っていうんだって。

暗い赤と紫と茶色がまじったような色。お母さんが持っている着物よりも薄いっていうか、軽いっていうか……、触った感じもちがう。やさしい感じ。

「これ、何？」

わたしが聞くと、おばあちゃんは、

「絹だよ。うちでつむいで織ったから、薄いんだけどね」

と言う。「うち」っていうのは、おばあちゃんが産まれた家のこと。

おばあちゃんのお母さん……、わたしのひいおばあちゃん……かな、もう死んじゃって、わたしは会ったことなかったんだけど……、そのひいおばあちゃんが全部最初からつくったっていうから、びっくり。

「大学を卒業して、先生になる時につくってもらって……、何度も着たよ。これ一枚しか

なかったからね。卒業式の時には、この着物の上に、はかまをはいたし」

わからないことばも出てきて、よけいわからなくて、最初からようく説明してもらうことにした。

「はかま」っていうのは、あの、黒っぽくてながーいスカートのようなもの。で、五十年ぐらい前は、ものがなかったから、家で、まゆから糸をつむいで、着物を織って、全部やっていたそうだ。ひいおばあちゃんの家だけじゃなくて、他の家でも、たいてい「織り機」っていうのがあったという。

「この色はどうしたの？」

「染めるのだけはよそに頼むんだけどね。あとは全部、最初から最後までひいおばあちゃんがつくってくれたものなんだよ」

「五十年前に？」

「そう。古いよね。こんなの、ハナちゃん、やっぱり着ないかな」

おばあちゃんは笑って言った。

「そんなことないよ。いい、これ」

なんだか着てみたくなった。この着物、この間お母さんがおばあちゃんの家に行った時に見つけて、わたしに似合う色だと思って、おばあちゃんに縫い直すように頼んでおいたんだって。おばあちゃんは、あんまり古いし、もう何の役にも立たないと思って、ねまきかふとんにしようと思っていたから、本当にわたしが着るのかどうか、ちょっと心配していたみたい。

「成人式には、ちゃんとしたのをつくってあげるからね。これは、一回だけ着ればいいよ。そしたら、おばあちゃん、縫ったかいがあるから」

おばあちゃんがすごく悪そうに言うので、お母さんは、急いでこの着物に合いそうな白っぽい帯を出して、わたしに着せてくれた。

さっきの「絞り」の「羽織」を上に着てみると、さらさらしたようなあったかい感じがする。鏡で見ると、いつも着ている服の色とちがうのにおどろいた。えんじとうすピンクと白。それと、えんじ色の着物の下から見える、黄色っぽい襟もきれい。

五十年前のおばあちゃんの着物と、二十五年前のお母さんの羽織。でも、全然古いって感じがしない。これと同じの着ている人もいないはず。すごい、着物って。

大切に着るって、こういうことなのかな。それに、この着物、将来わたしの子どもも着るかもしれないんだから、ホントに大切に着よう。

これ着て、すぐにでもどこかに出かけたいけど、はきものがない。たびはクリスマスに、ぞうりは来年の誕生日に買ってもらう約束をした。

今まで、誕生日の思い出があんまりなかったけれど、今年は特別だった。来年から、わたしの誕生日プレゼントは、着物に必要なものをひとつずつそろえるから……とお母さんが言ってくれた。

でも、この後すぐに、またひとつエピソードがあるんだ。

次の週、子どもの日にフリーマーケットに出かけたお母さんは、あのえんじ色の着物に合う帯を、千二百円で買ってきた。暗い紫っぽい色にちょっと金が入っていて、すごくきれい。この帯の持ち主だった人、なんでいらなくなっちゃったのかな。古いから？　でも、これ、おばあちゃんの着物と同じ頃につくられたみたいで、ぴったり合う。

誕生日が終わると、すぐ五月。最初はかぜをひいたりで大変だったけれど、誕生日には思い出がたくさんできて、今年の四月はホントに「子羊みたいに」やさしく去って行った。

ポテトサラダにさよなら

コウちゃん、今のはコウちゃんにちがいない。

自転車で横断ほどうを半分くらい渡ったところで気がついた。急いでブレーキをかけてふり向くと、駅の方へ急ぐ二人の後ろすがたが見える。お父さんといっしょだ。大きめのダウンジャケットと毛糸の帽子で顔がはっきり見えないけれど、すぐにわかった。エリカちゃんの弟だ。コウちゃんは、大またで歩くお父さんに遅れないように、ちょこちょこと小走りでついて行く。巣鴨《すがも》駅からは、初もうでに行く人が次から次へとこちら側におしよせてくる。

やっぱり、エリカちゃんはいない。昨日きたエリカちゃんからの年賀状には、大きな字で、

「あけましておめでとう。きょ年はなかよくしてくれてありがとう。今年もよろしくね」

と書いてあった。でもわたしは、エリカちゃんが今どこに住んでいるのか、わからない。

どこの学校に転校したのかもわからない。年賀状に書いてある住所は、転校前のと同じだけれど、あの家にはもういない。

わたしは、きれいな着物の女の人たちにぶつからないよう、自転車から降りて、のろのろと自転車を引いて歩き出す。

エリカちゃんと初めて会ったのは、三年生の最初の日だった。クラス替えがあったのでドキドキしながら教室に入ると、

「静かにしなさい！

走るのはやめて、中に入りなさい！」

と、先生がろうかに向かって大声をあげた。びっくりしてろうかに身を乗り出してみると、笑いながらもうスピードで走ってくる、ショートカットの小さい女の子と目が合った。まだプールの時期じゃないのに、日焼けしたような顔と白い歯が目立っている。最初に見たエリカちゃんだった。

「教室に入ったら？」

とわたしが言うと、ハアハアと息を切らしながらにっこり笑って、

「アッカンベー!」

と言って、また走り出した。わたしは、びっくりするのとおかしいのとで、ふき出してしまった。なんだかすぐに友だちになれそうな気がした。

ちっちゃくて、明るくて、男の子を追いかけまわす元気なエリカちゃんのことを、わたしは家に帰ってさっそくお母さんに話した。

ただ、次の日、ちょっとおどろくことがあった。国語の時間だった。先生が、

「じゃ、次、小池さん、読んでください」

と言ったので、わたしは後ろにいるエリカちゃんをふり向いて、

「ガンバッテネ」

と合図を送った。エリカちゃんはにっこりと笑い、

「オッケー」

という返事を目で返してきた。

ところが、いつまでたっても読み始めない。心配してまた後ろを向くと、エリカちゃんは座ったまま本も持たず、あたりを見まわしている。ふだんと変わらない表情だ。

「どうしたんですか。本を持って、立って読みなさい。最初からですよ」

先生が言うと、エリカちゃんはゆっくりと立ちあがる。でも、全然教科書を見ていない。

『なにやってんの、エリカちゃん、早くしなよ』

わたしはエリカちゃんを見て、ロパクで合図を送っているのに、気づいてくれない。先生はじっと待っている。教室がざわついてきた。一番後ろの男の子がいすを後ろにギコギコゆらしながら、

「早くしろよー」

と言ったとたん、あちらからもこちらからも、

「そうだよー」

「読めよー」

「何やってんだよー」

という声が飛んできた。エリカちゃんは表情ひとつ変えない。先生がみんなに、

「静かにしなさい」

と強く言うと、また教室は静まり返った。気まずい空気。机につっぷす子、顔を見合わせて首をかしげる子……。

黒板の上の時計を見上げると、五分、七分、と過ぎていく。まさか、エリカちゃんが読

むまでこのままいるの？

とうとう、二十分休みを知らせるカネがなった。

「小池さん、今度はちゃんと読みなさいね」

先生が言うと、わたしたちはみんなホッとして教室の外に走り出した。水飲み場にボールを置き、運動ぐつのひもを結び直していると、エリカちゃんが走ってきた。わたしは、笑っているエリカちゃんの顔を見ると、さっきのことはどうでもよくなって、エイッとボールをパスした。

次の日も、その次の日も、授業中に同じようなことが起こった。エリカちゃんは、先生からさされても、みんなの前で決して何もしゃべらなかった。算数の答えも言わないし、返事もしない。

日直さんが当番でまわってきた時も、そうだった。朝、日直さん二人は、前に出て最近あったことを話すことになっている。月曜日、エリカちゃんは前に出て、いつものように、黙ったままニコニコしていた。一番前の席のわたしでさえ、後ろを見なくてもイライラしたふんいきは十分感じる。だいたい日直の一分間スピーチなんてたいしたことないんだから、適当にやってしまえばいいのに。

「またかよ」

と言う声や、ハアー、というため息が聞こえてきた。大声で何かを言うと先生に注意されるので、最近はこんなふうに直接言わないでさいそくすることが多い。でも、結局その日も、エリカちゃんはつっ立ったままだった。席に戻ったエリカちゃんに、となりの子が、

「ふだんと全然ちがうよなあ。なんでこういう時、いっつも話せないんだよ」

と小さい声で言ったのが、わたしのところにも聞こえてきた。すかさず、

「そうだ、そうだ。休み時間の時はオレたち追っかけまわすくせに」

という声がした。そんなに大きな声ではなかったと思うけれど、その時は教室全体にひびいた。

次々とかぶってくる声をさえぎるように、先生は、

「やめなさい！」

と強く言った後、エリカちゃんの方を向いて続けた。

「みんながこうやって文句を言うのもよくないけれど、あなたもちゃんとしゃべりなさい」

そしてすぐ、一時間目の授業に入った。エリカちゃんは、先生を黙って見ていた。こん

な時、わたしはエリカちゃんが何を考えているのかさっぱりわからなかった。おこっているのでも、すねているのでもない。泣きそうになっているのでもない。むしろ、口もとはちょっとにっこりして、ふだんと変わらない。わたしは何度もエリカちゃんに、

「どうしたの？　どうして何も言わないの？」

と聞こうとしたけれど、休み時間やいっしょに帰る時の元気なエリカちゃんを見ると、そんなことは言い出せなかった。

先生はいつも、エリカちゃんの口が開くのをしんぼう強く待っていたけれど、だんだんガマンくらべのようになってきて、二十分休みになっても、わたしたちは遊びにも行けずに、じっと待っていなければならないことが出てきた。今しかドッジボールができないのに。わたしも、早く外に行きたい、もういいかげんにしてよ、と言いたい気持ちになった。

先生があきらめて、

「もういいです」

と言った時は、休み時間は半分も残っていなかった。みんなカッカしながら、

「もう、時間ないんだよ。なんでちゃんと言わないんだよ！」

と言いながら屋上に向かう。エリカちゃんは、外に行くのをやめたらしく、机の中から折

り紙を出した。わたしは、そんなエリカちゃんに気づきながら、急いでボールをかかえ、屋上にダッシュした。

一学期最初のリコーダーのテストの日がきた。音楽の坂井先生の前で、ひとりひとりふくことになっている。出席番号の順なので、エリカちゃんは五番目だ。始めの方でつまずいてしまうと、一番最後のわたしまでくるのかどうか心配だ。そんなことを考えていたら、となりの子が二人、

「オレ、最後のほうだから、やらなくてすむかも」

「えー、来週に回されるのもヤダよ」

なんて言って笑っている。

わたしたちの予想は外れた。いつものようにエリカちゃんは先生の前に出ないで、自分の席に座ったままだったけれど、先生は何事もないように、ばんそうを続け、最後までピアノをひき終わると、

「はい、次の人」

と言った。予想外の先生のことばにおどろいて、みんな、ホッとしたような、不思議そうな顔をしていた。いつもの長いちんもくはなく、次の佐藤くんが、あわててリコーダーを

持って前へ出た。エリカちゃんのテスト、どうなってしまうんだろう……。わたしは少し心配になりながらも、

「エリカちゃんだって、いちいち待たれるより、この方が気楽かもしれないな」

と思い、エリカちゃんに目をやった。すると、意外なことが目に入った。エリカちゃんの表情からは笑顔が消えた。いつもなら、黙っている間も、しゃべらないことでみんなからせめられている間も、明るい表情なのに……。わたしは、こんなエリカちゃんを初めて見た。そこだけ、なぜかポツンとひとりぼっちのようで、エリカちゃんは何を見ているのか、うつむいたままだった。そして、それを見ているわたしは、ますますわからなくなった。

わたしとエリカちゃんは、知らず知らずのうちに、仲良くなった。学校からの帰り道は、いつもいっしょだった。たまに弟のコウちゃんが加わると、エリカちゃんはとても大人っぽく、「お姉ちゃん」らしく見えた。ある日、わたしは思い切って、

「学校でさあ……、さされたら、思い切って何か言ってみたら？　まちがってもいいじゃない」

と言うと、エリカちゃんは明るくうなずき、

「うん。そうする」

と言った。わたしはちょっとうれしかった。

ちょうどその一週間後、エリカちゃんに三回目の日直がまわってきた。わたしの目の前には、また立ったままのエリカちゃんがいる。先生は、急に何かを思い出したように、

「一時間目に使うプリントを忘れたから、急いで取りに行ってきます。小池さん、何か言いなさいね」

と言い残し、教室を出て行った。たちまち教室はざわつき、エリカちゃんをせかす。

「早くしろよなー」

「なんでいっつもこうなんだよ！」

「時間ばっかりとってさあ！」

「はーやーくー！」

うるさい。本当になんで先生がいなくなると、こうなるんだろう。一番前の席のわたしは、身を乗り出してエリカちゃんに、

「最近、何か買ってもらったものとかない？　コウちゃんとけんかしたとかでもいいんだよ」

と言うと、エリカちゃんは、ニコニコ笑いながら、首をかしげている。教室はますますう

るさくなっている。みんなもう、勝手におしゃべりしている。このぶんでは、エリカちゃんのスピーチも聞いてもらえそうにない。というよりも、これじゃあ、何か言おうとしたって全然聞こえないよ。

「もう、やったことにしちゃえよ」

「そうだ、そうだ。タイジョー！」

どっと笑い声がする。

何も書いてない黒板を見上げたまま、わたしの体がぴくんとふるえた。

「うるっせーんだよ！」

突然、大声が教室中にひびき、シーンとなった。

キレた。最初、わたしはそれが自分の声だとは信じられなかった。頭の中がいっしゅん、真っ白になったような気がした。みんながわたしを見ている。後ろから、どうしたの、という顔で見ているのがわかる。こんなに急に静かになるなんて、思ってもみなかった。しんぞうがドキドキする。でも、なんかスーッとした。

しばらくのちんもくの後、先生が戻ってきた。先生が教室を出る時と同じように、みんなが静かにしていたのを見ると、先生は明るくにっこり笑って、

「はい、じゃあ、授業を始めます。小池さんも、席に戻りなさい」

と言いながら、持ってきたプリントを配った。

その日わたしは、時間がたつにつれて、ゆううつになってきた。だいたい前から先生に、

「ことばづかいに気をつけなさい」

と注意されていたのだ。こういうことって、また誰かが先生に言いつけて、お母さんの耳にも入っちゃうのかなあ。悪気はなかったのに、もう、サイアク！　今日の星うらないをちゃんとテレビで見てくればよかった。

そんなことを考えながら、ゲタ箱からくつを取ろうとかがんだ時、後ろからドーンとたたかれた。よろけてふり向くと、エリカちゃんが大きく笑って、

「いっしょに帰ろ！」

と言った。わたしは、今度は本当にむねがスーッとして、いっしょに走り出した。別に理由はないけれど、二人でげらげら笑いながら走った。

夏休み前には、必ず授業参観がある。ふだんはお父さんがきてくれるけれど、今回は、めずらしくお母さんもきた。めったにないことなので、わたしはちょっと緊張した。授業が終わってチラッと後ろを見ると、お母さんは教室にはってある絵や習字の方に気をとら

れていた。さっき、わたしがボーっとしていて答えをまちがえたのも、気がつかなかったかもしれない。まったく、わたしは授業参観はお父さんだけの方がいいんだけどなあ。エリカちゃんの方を見ると、何度も後ろを見て、手をふって笑っている。すごくうれしそうだ。ろうかの近くで、手をふって笑っているのは、エリカちゃんのお母さんにちがいない。背が高くて、真っ白なシャツにジーンズ、それから茶パツのショートカット。かっこいいお母さんだ。なんたって、足が長い。エリカちゃんも、今日はワンピースを着て、おしゃれしている。

その夜、お母さんに、エリカちゃんのお母さんから電話があった。テレビを見ているわたしにも、電話の向こうからびんびん聞こえてくるほどの大きな声で、お母さんも楽しそうに話している。

「エリカちゃんのお母さんって、エリカちゃんと全然似てないね」

電話が終わったお母さんに言った。

「それって、言い方逆だよ。でもなんで?」

「声おっきいし。こっちまで聞こえてきたよ」

お母さんは笑いながら言った。

「そんなの関係ないよ。大人になると、無理して人前でしゃべることもあるからね」

そうかな。無理してしゃべってるって感じじゃなかったけど。エリカちゃんのお母さんは、人前でパッパッと自分の考えを言える人だと思う。なんか目立ってる。エリカちゃんは明るいけれど、授業中は、いまだにひと言もしゃべらない。

エリカちゃんのお母さんとわたしのお母さんは、すぐに仲良くなった。年も同じだし、アメリカに何年も住んでいたっていうことも同じだった。エリカちゃんのお母さんは「帰国生」で、小さい頃からアメリカと日本を行ったりきたりしていたそうだ。

エリカちゃんのお母さんは、時々うちに遊びにくるようになった。家がすぐそばなのにエリカちゃんがいっしょにくることがなかったので、わたしはちょっとつまらなかった。友だちのお母さんが家にくる、というより、〝ひろ子さん〟というお母さんの友だちが遊びにくる、という感じだった。ひろ子さんはおいしいパンを持ってきてくれたし、お母さんもポテトサラダをつくるたびに、半分くらいあげた。

「つくりすぎたって、ね」

と言うのが口ぐせで、いつもわたしが届ける役目だった。

夏休みに入って、アメリカからお兄ちゃんが帰ってくると、ひろ子さんは、わたしの部

屋でテレビを見ているお兄ちゃんに、

「モトイくん、もうこのまま日本にいなさい。アメリカに帰らないで、ママのところにいればいいじゃない。それが一番なんだから」

といっきに言った。うちのお母さんは「ママ」って感じじゃないんだけどなあ、なんて思って、わたしは笑い出しそうになった。それに、モトイの顔。モトイは、日本語がよくわからないから、びっくりして、ひろ子さんを見ている。

モトイは、アメリカの、前のお父さんといっしょに住んでいて、夏休みだけ日本に遊びにきている。日本の学校に行く気はないってこと、お母さんもよく知っている。だから、お母さんはちょっと困った顔で、モトイとひろ子さんを交互に見ていた。

「おばちゃんだって、日本の学校に戻ってきた時は大変だったけど、がんばったんだよ。だいじょうぶだって！　もうアメリカに帰らないで、ここにいなさい。ママのそばが一番なんだから。ね、約束だよ！」

勝手に約束されて、モトイはちょっと笑って首をかしげた。ひろ子さんは、それに気づいて、同じことをもう一度英語で言った。

お母さんはよく、

「じじょうってものがあるんだから」

と言うけれど、それって、こういう時使うんじゃないかな、と思った。ひろ子さんはうちの「じじょう」わかってるのかな。

エリカちゃんの誕生パーティーに呼ばれた。手づくりのしょうたい状をもらって、大人になったようで、ドキドキした。私を入れて、女の子五人がしょうたいされた。エリカちゃんの家に行く時、初めて気づいたんだけど、わたしって、エリカちゃんちに遊びに行ったことなかったんだ。今日、初めてなんだ。エリカちゃんがお休みした時、学校からのお便りを持って行ったり、お母さんのポテトサラダを届けたりしていたけれど、中に入ったことは一度もなかった。

その日、エリカちゃんは、まさに主役だった。ひろ子さんがつくった大きなケーキにろうそくをのせて、火をつけて、フーッといっきに消す。一回目で成功した。ケーキの上にアイスクリームをたっぷりのせて食べたのもすごくおいしかったし、クッキーはバターのあまい匂いがして、まだ少しあったかかった。エリカちゃんはピンクのかわいいワンピースにピンクのヘアバンドをしていた。

「ママがつくったんだよ」

とエリカちゃんが言うと、みんな、

「うわあ、いいなあ」

といっせいに言った。うらやましい。わたしは、夏になると必ずおばあちゃんがつくったワンピースばかり着ているけど、どれもみんなおんなじ形で、はっきり言ってダサい。

みんなでかくれんぼをして遊ぶ時は、エリカちゃんがリーダーで、二階のどこにかくれたらいいか、教えてくれた。うちよりもずっと広くて、走りまわっても全然おこられない。みんなでゲームをしたり、キーボードをひいたり……、上に行ったり下に行ったりで、とても楽しかった。最後に、エリカちゃんは、

「みんな、今日はきてくれてありがとう」

とあいさつしたから、わたしはまたびっくりした。エリカちゃん、授業中と全然ちがう。

また遊ぼう、と約束したのに、夏休み中にエリカちゃんと会うことはなかった。ひろ子さんも、うちに遊びにこなかった。お母さんは、

「みんないろいろ予定があるからね。旅行にでも行ってるのかな」

と言っていた。わたしも今年は、おばあちゃんたちと青森のねぶた祭りを見たりで、東北地方へ大旅行をしてきたから、エリカちゃんも忙しいのかもしれない。

それに、私の夏休みは、ちょっと他の子とちがっていた。お兄ちゃんといっしょにいられるのは夏休みだけだったから、いっしょに遊びまくった。それで、あんまり学校のことも考えなかったし、エリカちゃんと会えないことも、ほとんど忘れていた。

九月一日は、始業式と防災訓練の日。お母さんとモトイが、学校にむかえにきた。明日はモトイがアメリカに帰る日だから、今日は、お母さんは仕事を休んで、ずっとモトイといっしょだ。

いったん校庭に出てから帰ろうとすると、ひろ子さんにばったり会った。

「どうしたの？　やせたねえ」

びっくりしてお母さんが言った。ひろ子さんは、オレンジ色の半そでのセーターに白いズボンで、あいかわらずかっこいい。でも、確かにずいぶんやせて、なんだかげっそりして見える。いっしょにいるモトイに気がついて、

「日本にいるって決めた？」

と声をかけると、モトイはバツが悪そうに、首をふって笑った。

「そう。残念ね」

ひろ子さんは、ちょっと涙目になりながらゆっくり笑って、それ以上何も言わなかった。

なんだかいつものひろ子さんじゃない。元気がない。笑った顔も、なんとなくすっきりしない。

お母さんは、エリカちゃんの、アメリカの国旗がちりばめてあるワンピースを見て言った。

「かわいいの着てるね」

「これ、わたしがつくったの。休み中、十二着つくっちゃった」

「すっごい。ひろ子さん、なんでもできるのね」

「初めてだったんだけど、やり始めたら楽しくて。これ、わたしの夏休みの自由研究」

「気合の入れ方がちがうよね。わたしもやってみようかな」

お母さん、口ばっかり。いつも、着るものはフリーマーケットで買うか、おばあちゃんに頼むかにかぎる、って言ってるじゃない。

「来年も着られるように、全部大きめにつくったんだけど、ちょっと大きすぎたみたいね」

ひろ子さんは小さい声でつけ加えた。でも、エリカちゃんは得意そうに、わたしの方を見てニコニコしている。

とにかく、ひろ子さんは、前と感じがちがっていた。

エリカちゃんは二学期になって、授業中にさされると、小さい声だけれど返事をするようになった。初めて算数の答えを言った時も、ほとんど聞き取れない声だったけれど、みんなびっくりして、拍手をした。

「最近、ママの前で、本読みの練習してるんだよ」

休み時間にエリカちゃんが言った。うそじゃなかった。国語の時間に、ろう読がまわってくると、ゆっくりと声に出して読んだ。すごく時間がかかったけれど、最後まで読めた。わたしは後ろをふり向き、エリカちゃんに目で「やったね」と合図を送った。エリカちゃんは、はずかしそうに笑った。

ひろ子さんはうちに遊びにくるかわりに、夜、よく電話をかけてくるようになった。お母さんは、前とちがって、話しながら大声で笑うことはなくなった。何か話すというよりも、むずかしい顔をして「うん、うん、」とうなずくばかりだ。そのうち、いつもクロゼットルームで話す電話の相手は、ひろ子さんだとわかるようになった。わたしが、

「ひろ子さん？」

と聞くと、お母さんは、

「うん、ひろ子さん」

とだけ答えた。

かけぶとんが必要になってきた頃、お母さんはカゼをひいて、ふとんを二枚もかけて寝こんでいた。そんな時にひろ子さんからの電話で、わたしは、どうしようかなと迷ったけれど、ひろ子さんもカゼをひいたような、熱があるような弱々しい声だったので、お母さんに電話の子機を渡した。

お母さんの具合が悪い時は、わたしはピアノの練習もしなくていいし、けっこう好きなことができる。その夜もそうだった。お母さんがひろ子さんと電話で話している間に、わたしはテレビを見ながら寝てしまった。

次の日の朝、お母さんはスウェットの上下を着ていた。目が真っ赤だった。いつもはパジャマから着がえて仕事に行くから、朝、スウェットを着ているのはめずらしかった。今考えると、何か変だったと思う。

夕方仕事から帰ってくると、わたしを見るなり言った。

「今日、エリカちゃん、どうだった？」

「何が？」

「何がって……、何か変わったことなかった？」

「別に。ふつうだよ」

「そう」

次の日も同じようなことを聞かれた。わたしは、同じように答えた。

三日目になってお母さんはポテトサラダをつくった。いつもよりもたっぷりと、なべいっぱいにつくった。

「エリカちゃんのとこに持っていこう」

「え？　いっしょに行くの？」

「うん、今日はね」

エリカちゃんの家のベルを押すと、バタバタと二階からエリカちゃんとコウちゃんが走って降りてくるのが聞こえた。カーテンに二人の影がくっきり見える。電気がついた。玄関に出てきたエリカちゃんのお父さんにポテトサラダを渡すと、エリカちゃんのお父さんは腰をかがめて、すごく悪そうに、

「すみません」

と言う。お母さんは、

「またつくりすぎちゃったので」

と、いつもと同じことを言い、わたしをせかすようにぐいぐい押して、玄関を出ようとした。わたしは、コウちゃんとふざけておしくらまんじゅうをしているエリカちゃんに、

「バイバイ」

と手をふって、エリカちゃんのお父さんに頭を下げた。

　歩きながら、わたしが、

「ひろ子さん、いなかったね」

と言うと、お母さんは、

「うん」

と言ってうなずいた。せっかく行ったのにいなくて残念だったね、ぐらい言うと思っていたから、意外だった。そしてその後、ポツリと言った。

「エリカちゃん。元気だったね。おとうさんにそっくりだね」

なんで急にそんなこと、と思いながら、わたしはお母さんの顔を見て言った。

「元気だよ、いっつも。それに、前にも言ったじゃん。エリカちゃんはお父さん似だよ」

お母さんはもう何も言わなかった。

その日から、お母さんは、ひろ子さんのことを話さなくなった。

ひろ子さんは出て行ったんだ。わたしはすぐにわかった。でも、誰にも言わなかった。言えなかった。エリカちゃんにもそんなこと聞けなかった。だって、今までと変わらず、ずっと元気だったから。

十日ぐらいして、エリカちゃんが転校するというお知らせがあった。わたしはあんまりおどろかなかった。なんとなくそんな気がしていた。

先生が、

「小池さん?」

とエリカちゃんに何か言わせようとしたけれど、エリカちゃんは、一学期と同じように黙ってニコニコ笑っていたので、先生はもうそれ以上待たずに、

「じゃ、みなさん、来週の土曜日まで、また仲良くしてくださいね」

と付け加えた。

休み時間、女の子たちがエリカちゃんの周りに集まってきた。

「どこの学校に行くの?」

「引っ越すの?」

みんな興味深そうに、おんなじことを聞く。わたしはその中に入らず、男の子たちとドッジボール遊びに行こうとした。すると、エリカちゃんの声が聞こえてきた。

「学校はどこかわかんないけど、土曜日とかには帰ってこれるの」

え？　それってどういうこと？　わたしはエリカちゃんの方を見た。エリカちゃんはいつもと同じように笑っている。

それからは、あっという間に時間が過ぎていった。エリカちゃんが転校する日まで、今までと同じように、毎日いっしょに遊んだ。最後の日のお別れ会も、みんなでおかしを食べて、ゲームをした。でも、特別、エリカちゃんがあいさつをするとかはなかったので、一学期にいっぺんの「お楽しみ会」のようだった。誕生パーティーの時のように、エリカちゃんが中心ではなく、みんなそれぞれ、ただ楽しんでいるっていう感じだった。

最後の日という実感がなく、わたしはその日、エリカちゃんと何を話したのか、帰りはどうだったのか、覚えていない。なぜか、そこだけボーっとしていて思い出せない。

エリカちゃんがいなくなって、しばらくは教室の真ん中の席がぽっかり空いていた。でも、一か月に一度の席替えがきて、エリカちゃんの席は本当になくなった。

わたしにはいろんなことがわかってきた。今、エリカちゃんは、ひろ子さんといっしょじゃないってこと。ひろ子さんは、エリカちゃんの本当のお母さんじゃないってこと。わたしのお父さんも、ホントのお父さんじゃないけれど、エリカちゃんとひろ子さんはふだんからすごく仲良しだったから、ちょっとびっくりした。いろんなことを思い出せば思い出すほど、わからなくなった。エリカちゃんのパーティーで、ひろ子さんのつくったケーキを食べながら、みんな、うらやましそうに、

「いいなあ、こういうのつくってもらえて」

と言うと、エリカちゃんが得意そうに笑っていたこと。集団下校の時に、エリカちゃんがひろ子さんのうでにぶら下がってふざけていたこと……。

あれから二年が過ぎた。わたしは今、五年生。五年生になる時、またクラス替えがあった。先生も替わった。

わたしの家も、この二年で変わった。モトイがアメリカから帰ってきた。ひろ子さんがいなくなった後すぐに、お母さんはモトイを日本に呼んだのだ。お母さんは、あっという間に日本の学校も決めて、モトイが日本に住めるように手続きをして、モトイの部屋がないからって、同じマンションの中で、少し広い部屋に引っ越しをした。ひろ子さんが今、

モトイに会ったら何て言うだろう。たぶんびっくりするよね。

わたしは、受験をすることに決めて、塾に通い出した。もう、学校の帰りに友だちと遊ぶこともない。

お正月と、氷川《ひかわ》神社のお祭りの頃、コウちゃんとお父さんがいっしょにいるところを見かけた。でも、エリカちゃんは、いっしょじゃなかった。

昨日、お母さんが久しぶりにポテトサラダをつくった。わたしは、家庭科の時間に使ったエプロンをして、ジャガイモをつぶすのを手伝った。お母さんが手を真っ赤にして、アツアツのジャガイモの皮をむき、わたしがそれをフォークでつぶす。

「なんか、思い出すね」

お母さんが下をむいたまま言った。

「え？　何を？」

ドキッとして聞き返した。その時ちょうどわたしは、最後にエリカちゃんの家にお母さんとポテトサラダを持っていった時のことを考えていたから。

少し間があって、お母さんが言った。

「ひろ子さんのこと」

もうすぐお盆。来週は塾も休みになる。今年はものすごい暑さで、自転車で五分で行ける道も遠く感じる。

いつもの信号で止まると、かげろうの向こうに、駅から渡ってくるおばさんたちが見える。今日は縁日だから、これから混みそうだ。

「週末は帰ってこれるから」

とエリカちゃんは言っていたけれど、お盆は帰ってこれるのかな。

信号が青にかわり、わたしは、ゆっくりと自転車をこぎだした。

〈読売新聞社主催　第五十二回全国小・中学校作文コンクール　文部科学大臣賞受賞作品〉

ひとりで行く渋谷

今日は一学期の終業式。朝、学校に行く時、緑のおじさんに呼びとめられた。

「明日から夏休みだね。渋谷になんか、行ってないよね」

やっぱりそうだ。昨日テレビで、わたしと同じ小学校六年生の女の子が怖い目にあったって出ていたから、みんな心配している。

おじさんは、いつもニコニコだけど、今日は少し様子がちがう。

「いや……、あのう、塾があるので……」

「え？　そうなの？　じゃ、ひとりで行ってるの？」

おじさんの顔はたちまちくもって、心配そうにわたしの顔を見た。

「でも、渋谷は危ないよ。だめだよ、ひとりで行っちゃ」

とりあえず、「はい」と返事した。そうだよね。ゆうべ、おばあちゃんからも電話があった。

ＮＨＫのニュースの後、渋谷の様子が出ると、わたしが危ない目にあってるんじゃないかと思ってはらはらする、と言っていた。でも、わたし、遊びに行ってるんじゃないんだけど。

渋谷に通い出して、今日でちょうど三週目になる。前と同じ塾なんだけど、わたしは渋谷の校舎に移ることになった。自転車でたった五分の塾通いが、今は電車で四十分。帰ってくると、もうぐったりだ。

今までとはちがうことばかりで、最初の頃はけっこう緊張していた。はじめにテストを受けに行った時、ガツーンときた。みんな明るくて、自信がありそう。

「どうだった？」

って友だち同士で確かめ合ってるのが聞こえる。

「ちょっとむずかしかったよね」

「あー、全然だめ。三つぐらいまちがっちゃった、どうしよう」

いっしゅん、まっさお。わたしなんか、もっとまちがってるはずだ。わからないのもあったし。「だめ」とか「むずかしい」っていうレベルがちがうよ。

だから、一週間後、わたしもそのコースに入ったっていうお知らせがきた時は、本当にびっくりした。お母さんからはひと言、

「受かっても、渋谷は遠いからっていう理由で、行かないことにした人が何人も出たんだね。ビリで入ったんだよ、きっと、ビリ」

わかってる。でも、ビリでもいいよ。入ると思っていなかったから、すごくうれしかった。もう本物の受験に受かったみたいで、うれしかった。

一日目。ガチガチに緊張。その前に、迷わないで一人で行けるように、二日続けて練習した。行き方の練習っていったって、渋谷の駅から五分だから、今考えると、ばかみたいだけど。でも、一人で行くからって、けっこうお母さんは心配して、「誰とも口を利いちゃいけない」とか、「渋谷は、ホームと電車の間がすごく開いていて、危ないから気をつけなさい」とか、同じことを何度も繰り返して言った。

わたしもちょっと不安で、早めに家を出て、電車に乗った。そしたら、友達のGちゃんから突然ケイタイに電話。Gちゃんは、同じ塾の別の校舎に通っている。

「今、どこ？」

「まだ代々木」

「そっかぁ、わたしは今着いたんだけど。だいじょうぶ？」

「うん、もうすぐだから、だいじょうぶだよ」

「じゃ、渋谷に着いた頃、またかけるから、迷わないようにね。気をつけてね」

わたしは電話を切って初めて、Gちゃんが心配してかけてきてくれたことがわかった。

その後、塾に着くまで五分おきぐらいにかけてきてくれて、まるでわたしのお姉ちゃんみたいだ。

三十分前に着いた。よゆうで階段を上って教室に向かった。まだ誰もきていないみたいだし、カバンを置いてから自動販売機でジュースでも買おうかな、なんて思って教室のドアをガラッと開けた。すると、七人ぐらいの女の子がテストを受けている。びっくりしてドアを閉めた。教室をまちがえたと思って、もう一度教室番号を見る。確かにわたしのクラスだ。となりは男の子のクラスだし……。特別なテストでもあるのかな、と思って、とりあえず中に入っておとなしく待つことにした。

席について、何もすることがなくて、しばらくボーッとして、もう一度教室をぐるっと

見まわすと、真ん中にテストのようなものが高く積まれている。そしたら、テストを受けているはずのひとりの子が、

「それ、プリント。きた順からやるんだよ」

と小さい声でわたしに言った。

知らなかった。なんかはずかしくなって、急いでプリントを一枚とって、自分の席に戻った。今までこんなことなかった。前の校舎では、早くきた子は、おしゃべりしたり走りまわったりしていたから。授業が始まるまで静かにプリントをやるなんて、ほんと、初めて。

算数の授業は、テストみたいだった。カリカリ、シャカシャカ、っていうえんぴつの音だけが聞こえて、三十分後、先生が解説する。みんな、問題を解くスピードが速い。三時間があっという間に過ぎて、一日目が終わった。ともかく、ついて行けるようにがんばんなきゃ、と思った。

二日目の国語。オリエンテーションの時から、ちょっと国語の授業は楽しみにしていたんだ。

でも、国語も……、速い。みんな、あっという間にどんどん答えを書いていく。前半の授業では、もうだめかと思った。速くて、あんまり考える時間がない。やっぱり無理なのかなあ、と思った。後半もテスト形式であせりまくった。

テストが終わって、先生が解説をし始めた。説明も速いし、ぼんやりしていられない。

わたしの目の前に座っている子を見て、たちまち先生が、

「なにボーッとしてるんですか。やる気がないなら外に行きなさい」

ってビシーッと言う。注意された子は、あわててテストを見る。学校では、こんなふうに言う先生はいない。解説を聞きながら自分の答案を見ると、思った通り、自信がないところはまちがえている。記述はまあまあだった。ところが、選択肢の問題で、「メリットの意味」というのがあって、わたしは迷わず、「シャンプー」を選んだ。そしたら先生が、

「ここのところ、シャンプーを選んだ人？」

と聞いた。サッと手をあげると、わたしともう一人の子しかいなかった。先生はわたしの顔を見て、

「やっぱり、あなた。性格いいわねぇ」

とひと言。え？　どういう意味？　いっしゅん、どういうことなのか、わからなかった。

「あのね、前後の意味から判断するの。ま、でも、これは、このまま覚えちゃってもいいけどね。これは英語がわかる、わからない、の問題じゃないの」

……っていうのは、やっぱり初めて、まちがいだとわかった。でも、わたし、ホントに『メリット』って言われて、初めて、まちがいだとわかった。でも、わたし、ホントに『メリット』っていうシャンプー使ってるんだよ。だから、迷わず選んだんだ。……っていうのは、やっぱりいい訳？　でも、最初から選択肢にそんなの入れるってのは、テストつくった人、いじわるだよね。わたしは顔がカーッと熱くなるのがわかった。すごくはずかしかった。

このクラスは、いつも最後に点数が発表されて、その順に席も決まる。わたしは十八人中七番目だった。ビリだと思っていたのが、そうじゃなかったから、わたしにしてはすごい、と思った。でも、毎回テストをやって、その点数の順位で席も変わるから、気を抜けない。

三日目の社会も理科も、今までとはちがって、プリントも増えたし、とにかく量が全然ちがう。でも、ちょっとホッとしたんだ。だって、わたしはいつもそうなんだけど、プリントがないと、テキストをざっと読むだけで終わっちゃう。自分では何をどのくらいやったらいいのか、よくわかんない。プリントが多い時は、テストの点数も上がっていた。だから今度は「こんなにプリントがあるぞ」って思って、やる気が出てきた。

他の子を見てみると、前から同じ校舎だったっていう仲良し組が多くて、ひとりで移ってきたのはわたしを入れて二人だけだった。でも、一日目には、算数がよくできるNちゃんと友だちになっていっしょに夕飯のお弁当を食べたし、次の日はオカちゃんもきて、三人で食べた。オカちゃんのお弁当はいつもすごいんだ。おかずが何種類も入っていて、それも、ひとつひとつお父さんがつくる、って言っていた。

「うちのお父さん、厳しいんだよ。わたし、しょっちゅうおこられるし」

って言うけど、そんなふうに見えない。オカちゃんは、勉強のことでもお父さんからいっぱいおこられるんだそうだ。お母さんはあんまり言わないらしい。わたしの家とは正反対だ。

オカちゃんのお父さんは、家でコンピュータで仕事をしていて、お料理がとっても上手で、お姉ちゃんのお弁当もいっしょにつくってくれるんだそうだ。

そして、一週間後、オカちゃんは、お父さんがつくったお弁当をわたしにも持ってきてくれた。「いいの、いいの、お父さん、ハナエにもつくってあげたい、って言ってたから」

って言われて、びっくりした。ふたを取ると、おいしそうなおかずがぎっしり詰まっている。ご飯の上に、いり卵がのってて、その上に細かく切った海苔《のり》がかかってる。おかずは、トリ肉を焼いたのと、ウインナー、マカロニサラダ、ニラいりのチヂミ。お肉が多いのに、油っぽくなくて、でも、ぱさぱさしてなくて、おいしい。わたしは、よその家のお弁当って、初めて食べた。その初めてのお弁当が、こんなにおいしくて、カンゲキした。頭も良くなりそう。

渋谷校舎に移って、仲のいい女の子の友だちができて、毎日、今までとちがった気持ちだ。

何って言ったらいいのかな。学校にいる時も、夜、家で勉強している時も、「がんばるぞ」って気がする。前は、テストの勉強をしていても「ひとり」って感じだったけど、今はちがう。いっしょにがんばれる仲間がいるような気がする。

昨日の事件があって、怖いから、今日は、塾の帰り道、女の子が駅までまとまって歩いた。駅でみんな別れる。わたしはオカちゃんと同じ電車で、いつもいっしょに帰る。オカちゃんが新大久保で降りるまで、いっしょにいろんな話ができる。

明日から夏期講習が始まる。回数券で通っていたけど、昨日、お母さんに六か月分の定期を買ってもらった。受験直前までの定期。

今日は早めに寝よう。

移動教室

「じゃ、ハナエ。ここでいいかな」

お父さんは、三日分の着替えが入ったバッグを、校門の内側にドサッと降ろして言った。

「うん、ありがとね」

よっこらしょっ、と黒い大きなカバンを持ち上げて、校庭に向かう。今日から二泊三日の移動教室。行き先は八ヶ岳《やつがたけ》。もう、わたしはワクワクドキドキ。去年よりも今年の方が、気が入ってるというか、まいあがってるというか……。ふだん、学校以外で友だちと遊ぶことがないし、もうこれが小学校最後のチャンス、って感じがする。

重いカバンを縦に背負って校庭に歩いて行くと、ほとんどみんな、お母さんがついてきていて、荷物を持ってくれている。家にいるお母さんが多いからなのかなあ。出発式が終わってバスまで歩いて行く時も、荷物はもうバスの中なのに、お母さんたちは、後からぞろぞろついてきて、出発の時には手をふって送ってくれた。うちのお母さんがああだったら面倒くさいな、って思ったけど。

長野県に入ると、さっそくハイキング。飯盛山《めしもり》を目指した。昨日まで雨だったから、道がすべりやすくて、みんなキャーキャー言いながら歩き始めた。グループに分かれて歩いたんだけど、わたしはふつうの道よりも、石が多いような、崖《がけ》っぽい道を選んで、四人ぐらいでまとまって歩いた。

うちで、最後に山登りに行ったのは二年前。休みになると、いつも山登りに行ってたんだけど、お母さんはすぐ「疲れた」って言うし、わたしも、何時間もひたすら歩きつづけていると、飽きてしまって、お父さんは自分のペースで歩けなくて、全然まとまりがなかった。そのうち、わたしは塾に通うようになったし、お母さんも家にいるかフリマに行く方がいい、って言い始めて、結局、今はお父さんはひとりで山に行っている。

山登りはキライなはずだったのに、歩き始めると、いろんなことを思い出して、なつかしくなった。みんな、最初から飛ばしているけれど、山はゆっくり歩くんだよ、なんて、わたしは、知ったかぶりのような口調になる。

向こうから、若い男の人と女の人が歩いてきて、わたしが、

「こんにちは」

とあいさつをして、向こうもにこにこして、

「こんにちは」

と言うと、みんなびっくりしたようにわたしを見て、

「知り合い？」

と聞く。

「え？　ちがうよ。山では、みんなこんなふうにあいさつするんだよ」

「へー、そうなんだ」

そう言われると、わたしもちょっとびっくり。山登りってあんまり行かないものなのかな。

まあ、わたしだって、つまんない、って思ったことが多かったし、山で会うのは、年取ったおばさんがすごく多いし。みんなから見ると、確かにわたしの方が「変わってる」のかもしれない。ディズニーランドにも一度も行ったことがないし……。わたしのうちは、「うちはうちだから」ってのが多い。多すぎるかも。

でも、こんな時、お父さんにきたえてもらって良かったな、って思った。いくら歩いて

も疲れない。お弁当を食べる時、先生が、みんなバテバテになっている様子を見ながら、

「頂上まで行きたい人?」

と聞くと、ぱらぱらしか手があがらない。もちろん、わたしは行く方に手をあげた。でも、霧もかかっていて危ないから、ということで、頂上行きは取りやめになった。

「あと二十分ぐらい歩けば頂上なんですけどね」

って先生は言う。そんなちょっとで着くなら、行きたかったのに。すごく残念。

夜はキャンプファイヤー。

校長先生が火をつけると、ワーッと火が燃え上がった。わたしはあんな大きな炎を見たのは初めてだったから、感動した。ふだんとまったくちがう世界。夜の暗さでも、電気がひとつもない「真っ暗」っていうのは、東京にはない。その真っ暗な中に炎が燃え上がる。すごい。なんでなのか、火を見ているだけで、ドキドキする。

その後のフォークダンスは、なんのためなのか全然わかんなくて、おもしろくもなんともなかった。朝、お父さんに送ってもらう時、

「夜はフォークダンスかあ。なつかしいなあ。あれはいいぞお。手をつなげるんだから、

お父さんもドキドキしたなあ」

　なんて言ってたけど、それはお父さんの時代のことなんだよ。かったるいダンスで、わざとらしくて、あれはちょっとよけいだと思ったよ。ああいうの、お父さんの時代から……ってことは三十年も前から変わらないのかと思ったら、ちょっとがっかりした。


　でも、他はいいことばっかり。

　まず、食べ物がすごくおいしかった。学校の給食よりも量が多いし、特に牛乳がおいしい。わたしは、ふだんから大食いだけれど、最近は特に、いつもお腹がすいている。学校の給食なんて、量が少なすぎて全然ダメ。だから、八ヶ岳では、食べまくった。牛乳も、ガブガブ飲んだ。おかげでわたしは絶好調。移動教室っていうと、具合が悪くなる子が何人かいるけれど、わたしはずうっと元気だった。

　発見もたくさんあった。友だちのことは、良くわかってるつもりだったのに、学校の外では、いろんな面が見える。

　Gちゃん。お嬢サマ学校を目指していて、いつもきちんとしている優等生。わたしのようにだらしないところは、まるでない。塾のテストでちょっと点数が落ちても、お父さんもお母さんもおこることはない……らしい。ホント、うらやましいよ。

そのGちゃんと飯盛山をいっしょに登りながら、意外な面が見えてきた。お弁当を広げた時、わたしのいつもの「キムチおにぎり」を見て、

「ハナエんち、どこでキムチ買ってるの？」

と聞かれて、

「うちはね、大阪から送ってもらってるの」

わたしはちょっと自慢っぽく答えた。すると、Gちゃんは、

「でも、日本で売られてるのって、本物とはちょっとちがうよ」

「え？　でも、これ、ホントに、コリアンタウンでつくってるものだよ。すごくおいしいよ。ちょっと食べてみる？」

わたしはイカキムチを一本スルッととってGちゃんにあげると、たちまち、

「ほんとだ、おいしいね」

と言って、笑った。それからGちゃんは、

「うちはね、韓国から送ってもらってるんだよ。おばあちゃんがいて、いつもいっぱい送ってくるから、うちには冷蔵庫もキムチ専用のがあるの」

すごい。さすが本場だね。うちみたいに、普通の冷蔵庫にキムチをつっこんで入れておいて、ドアを開けると、キムチの匂いがグワーッと出てくるのとはちがうんだ。

それから、Gちゃんは、お父さんが韓国人で、日本で生まれたこととか、いろいろ話し始めた。そう言えば、Gちゃんの名札の後ろには、むずかしい漢字で名前が書いてあったなあ、と思い出して、そのことを聞いてみると、

「ああ、あれね。あれはわたしのお父さんだよ。韓国のホントの名前なの」

と教えてくれた。へーえ、と思うことばかりで、新しいGちゃん、別のGちゃんが目の前にいるようで、今までよりも好きになった。

Gちゃんのお父さんも、おこるとホントは怖いことも聞いて、ホッとした。ガミガミおこるのはうちのお母さんだけで、他の親はみんなやさしいんだ、って思っていたから。

消灯時間。

夜の班長会議で、わたしが先生に「消灯時間って、ほんとに電気消して、ほんとにすぐに寝なきゃいけないんですか」

なんて聞いたら、先生はちょっと困ったような顔をしながらも、笑って、

「あのね、先生はね、先生としてはね、早く寝なさい、ってしか言えないの。後は自分で考えて、判断してね」

と言った。自分で考えて、自分で判断する……？　ってことは、「適当でいい」、ってことなんだ。先生は、きっと「寝なくていいですよ」なんて言えないんだな。だから、あとはわたしたちが勝手にやっていいってことなんだ……、と、わたしは判断した。で、班のみんなには、

「電気さえ消せばいいんだよ」

って言った。男子の方は、みんな疲れ切って、すぐに寝ちゃったみたいだけれど、わたしたちは別。これからだよ、盛り上がるのは。

暗い中、みんなでひとつのふとんに集まって、家族のことや体のこと、好きな男の子のことを話した。次から次と話題が出てくる。みんな、しゃべりたくてしょうがない。不思議なことに、学校のことは全然話題に出なかった。

何時頃かなあ。先生が二度回ってきて、

「もう寝なさいね」

と言われたので、適当に返事した。その後だから……、十二時過ぎまで起きていたんだと

思う。

二日目の夜は、Gちゃんと Nちゃんが熱を出してしまい、残りのわたしたちも、このまま静かに寝なきゃいけないのかなあ、とちょっとつまらなかった。ところが、消灯時間の後、となりの部屋から女の子がドッと移動してきた。GちゃんとNちゃんには大メイワクだけど、こんな機会はもう二度とない。少し離れたところで、できるだけ声を低くして話した。こんなことしているのは、わたしたちだけってわかったのは、お手洗いに出た時。ひとりだと怖いので、Kちゃんといっしょに、暗いろうかに出て、お手洗いに歩いていった。男子の部屋は、もうみんな、ぐっすり寝ている様子。他の女の子の部屋からも、物音ひとつしない。「夜中のトイレが怖い」っていうのは、こういうことなんだ、って初めてわかった。

できるだけ早く済ませて、音を出さないように、走って部屋に戻った。すると、さっきとはちがって、みんなの話は、もう明日の帰るモードになっている。

「家で、みんなどうしてるかなあ」

なんて話をして、ちょっとしんみりしている子もいる。わたしはそんなの、全然ないけどね。寮生活って、こんな感じかなあ、って思って、楽しくてしょうがない。

だんだん話が途切れてきて、気がつくと、ほとんどの子が眠ってしまった。それでもわたしは、ねばってKちゃんと話をしていたら、Yさんがさっきから寝返りばかり打っているのに気がついた。Yさんは、わたしよりもずっと背が高くて、いつもブランドものを着ていて、ちょっと気取った感じで、正直言って、わたしは苦手なんだ。まともに話したことは、ほとんどない。お腹でも痛いのかなあ、と思って聞いてみると、なかなか寝られないという。

「眠くないの？」

「う……ん……、いつもとちがうから……」

「わたしたち、しゃべってるからだね。ごめんね、うるさくして」

「じゃなくって……、わたし、ひとりで寝たことがないから……」

えー、意外。びっくり。

「お母さんと寝てるの？」

と聞くと、

「いつも、弟と手をつないで寝てるから」

っていうから、またびっくりした。そういえば、Yさんって、お姉ちゃんなんだ。一年生にかわいい弟がいたっけ。いつものツンツンしているYさんとは別の、ちょっとさびしそうな、心細そうな顔のYさんを初めて見た。

行く時は、好きな男の子と三日間過ごせる、と思ってワクワクしていたのに、三日間過ごすうち、どうでもよくなってしまった。それよりも、女の子のいろんな面が見られて、予想以上に楽しかった。いろんなことがいっぱい話せて、本当に楽しかった。

学校に戻ってきて、帰校式ではわたしが司会をした。気持ちも盛り上がっていたので、ちょっとオヤジくさいけど、「三本締め」で締めくくった。

それから三日後、八ヶ岳での思い出を、ひとりひとり短冊に書いた。ちなみに、わたしの一首は、

「火の中で　神が一人に　小人四人
火の粉よ　空に　飛んでいけ」

ってやつ。わたしは、これ、すごく気に入ってるんだけど、教室ではイマイチだった。先

生からも、

「神とか、小人とか、これ、何ですか」

なんて聞かれて、がっかり。決まってんじゃない。キャンプファイヤーで、校長先生が点火して、校長先生が「神」、周りにいた子どもが「小人」だよ。あの不思議な、そう、「神聖な」ってことばだな。そういうふんいきのことなのに、いちいち説明しなきゃいけない、ってことは……、やっぱりへたくそなのかな。短歌を全部書いたプリントを学校から持って帰ったら、お母さんは珍しく、

「これ、いいねえ。ハナエのは光ってるよ」

とほめてくれた。本気で、いいって思ってくれたみたい。でも、考えてみると、お母さんって、俳句とか短歌とか、大の苦手で、自分ではつくったことがないっていうから、ほめてもらっても、喜んでいいのかどうか……。

でも、自分の感動を短歌にしたっていうのは、わたしは初めてのことで、しかも自分で気に入ってるから、それだけでも、けっこううれしいんだ。

もう、今年は運動会を残すのみ。あとは受験。みんなばらばらになって、別々の学校に

行くんだ。来年の今頃、わたしはどこの学校にいるんだろう。ちょっと不安、ちょっと期待感。複雑な気持ち。でも、こんなにいい思い出ができたから、がんばれそう。

ま、でもとりあえず、次にくる運動会が楽しみ。

ニューヨーク大停電

8月14日（木）

塾の夏期講習も、一週間のお盆休みに入った。

今日は雨でちょっと寒かったから、ずっと家にいた。お母さんは、IP電話っていうのを取り付けるのに、朝からコンピュータの前でブツブツ言いながらいろいろやっている。お昼になったら、たこ焼き食べに行こう、って言ってたのに、「接続ができない」ってことで、わたしは待たされっぱなし。何度もどこかに電話して、やり方を聞いている。最初からやり直し、っていうのを何度もくり返して、もう午後の三時。わたしは、お昼に納豆ご飯を食べながら、たこ焼きは一体どうなっちゃったのか気になっていた。

「タイレノール、どこいったかな」

今度は薬を探し回っている。お母さんは「頭痛持ち」だそうで、しょっちゅう薬を飲んでいる。

「こういうのをやっていると、よけいガンガンする」

とひとり言のように言いながら、薬といっしょに水をいっぱい飲んで、また最初からやり直す。

結局三時過ぎになって、ようやく使えるようになった。わたしは、「電話の取り付け」っていうから、新しい電話にするのかと思ったら、たて長の黒っぽい機械を交換しただけだった。コンピュータの中でどうにかなっているらしい。IP電話を使うと、アメリカにもすごく安くかけられる、ってことが一番の目的だったようだ。

モトイがアメリカに行って、もう二か月近くになる。アメリカに行ってから、メールを一度しかよこさない。友達とのメール交換は続けているらしいんだけど、こっちにはさっぱりだ。おこづかいを送っても何も言ってよこさないので、お母さんはいつもおこりながら電話をしている。メールを送った後、しばらくして電話をかけて、「ちゃんとメール見てるの？」って聞くから、何のためのメールなのかわからない。返事がないなら、最初から電話すればいいのに。

さっそくアメリカに電話しようと思ったけれど、向こうは今、夜中の二時頃だから、後でかけることにした。

ＩＰ電話を取り付けたのはいいけど、朝から言っていた「たこ焼き」は結局ナシになってしまい、夕方、カレーを食べた。早めの夕飯だ。六時頃食べるなんて、うちにしては早いけど、わたしも納豆ご飯だけだったから、お腹がすいていた。今日は夜が長い。宿題のプリントでもやろう。それにしても、たこ焼き食べたかった。

8月15日（金）

朝八時頃、電話が鳴った。目がさめたら、テレビで、ニューヨークの大停電の様子が放送されていたので、「電話してみようか」って話していたところだった。

「ぜんぜんメールもよこさないでいたのに、暗くなってビビッたわけ？」

電話に出るなり、お母さんが言っている。だいぶ前から停電になっていたらしいけど、だんだん暗くなってきて、不安になったらしい。わたしにかわると、モトイは、

「マジ、暑い。今、オレ、パンツいっちょなんだけど、それでも暑い」

とか、

「ハラへった」

って言ってばかりだ。わたしは、モトイにIP電話のことを説明した。ホント、偶然っていうか、ラッキーっていうか……、今日、こんなことになるなんて思わなかったけど、昨日IP電話を取り付けてよかった。いつもは「電話代がかかるから、そろそろ切りなさい」って言われるけど、アメリカにかけるのに一分間八円だから（わたしのケイタイにかけるより安いってのが、不思議）、お母さんから「ゆっくり話していいよ」なんて言われた。

ウォルター（アメリカのおとうさん）は、まだ仕事から帰ってこないらしい。

「電話してみたら？」

とわたしが言うと、モトイは初めて気がついたように、

「あ、そっか。じゃ、後でまたかけるから」

と言って電話を切った。停電になってから今まで、一体何やってたんだか。

五分もしないうち、また電話がきた。で、また、暑いとかハラへったとか、おんなじことをくり返している。

「何時頃停電になったの？」

「四時頃かなあ」

「で、それから何やってたわけ？」

「一応、乾電池と氷買ってきたよ。冷蔵庫も使えないし。あと、アイスクリームも買ってきた。乾電池でラジオ聴いてるから、情報はけっこうだいじょぶだと思うんだ」

「アイスクリームのほかに、食べ物買ってこなかったの？」

「えー、だって、停電なんてすぐ直ると思ったし……、あ、そうだ、ちょっと待って。切るなよ。昨日のチャーハンあったと思うから、今、持ってくる。電話、切るなよ」

なんか、サイテー。わたしはモトイのがさがさ食べる音を聞きながら、前の日のチャーハンなんて、だいじょうぶなのかなあ、って考えていた。お母さんに聞くと、

「やめたほうがいいと思うけど、別に死にはしないよ。なんか食べれば落ち着くんじゃないの」

と言う。

一時間近く、テレビの話とかわたしの友だちの話とかをして、話すことがなくなってきた頃、モトイは、

「アパートの人たち、みんな外に出てるみたいだから、オレもちょっと出てみる」

と言って、電話を切った。

で、またまた電話がかかってきたのが二時間後。

「さっきは何だったの?」

とわたしが聞くと、

「別に。ただ、暑いから、みんな外に出てた。でも、外もけっこう暑いよ」

って言う。お母さんがわきから受話器を取って、

「テレビで言ってたけれど、七十七年あたりに停電があった時は、盗みとかあったらしいよ。あんたも気をつけないと。暗いとこにいて、家に入って来られたりしたら大変だからね」

と心配そうに言った。そしたら、

「あ、それはだいじょうぶだよ。こんなアパート、ぜったい来ないって。反対に、ここからどっか盗みに行く人はいるかもしれないけど」

なんて、すごいこと言っている。お母さんはあきれて、またわたしに受話器を渡した。

モトイは急に、

「今、何時頃?」

と聞く。

「何時って、こっちは十一時ちょっと過ぎだけど」

と答えると、

「そっか、じゃ、こっちは……」

「え？　時計ないの？」

「だから、真っ暗で見えないんだって」

「ニューヨークは……、夜の十二時じゃないの」

「さっき、ラジオで、そろそろバスが出る、とか言ってたけどな……。あー、早く直ってくれー！」

「ウォルターはどうなってんの？　いつ帰ってくるの？」

「バスに乗る、とか言ってたけど、いつになんのかなあ」

わたしとモトイが話している間、ずっとお母さんはテレビでニューヨークの様子を見ていた。それで、またお母さんと電話をかわって、お母さんがテレビを見ながら「実況生中継」の「中継」をした。ニューヨークにいるモトイが、テレビも見られなくて、日本にいるわたしたちが、電話でモトイに教えてあげている。これってすごい。

さんざんしゃべったあと、切ろうとすると、

「ちょっと、ちょっと待って。なんかない？　なんか、他にニュースとか」

モトイは少し不安だったのかもしれない。

「だから、もうそろそろ直るんじゃないの？　もう、寝れば？　どうせ真っ暗なんだったら」

お母さんが言ったら、ちょうど電話の向こうでドアが開く音がして、

「あ、帰ってきたみたいだ……、ウォルター帰ってきた」

と言って、モトイはさっさと切ってしまった。

わたしも、ひとりで真っ暗なところにいたら怖いよなあ……っていろいろ考えた。お母さんも、心配しているみたいで、その後もずっと、テレビで様子を見ていた。

今日は、一日、ニューヨークの停電で終わった。日本にいるのに、テレビを見ていると自分がアメリカにいるような気がしてしまう。夜、塾の社会の宿題で、「きょうのニュース」のところに「ニューヨーク大停電」のことを書いた。書きながら、もし、日本で停電があったら……、ガスも止まったら、電車が止まったら……とか、いろいろ想像してみたけど、ピンとこない。ただ、真っ暗っていうのはいやだな。わたしだったら、パニクってしまう。そんなことを考えていたら、今日は初めて、モトイがちょっとかわいそうだったなあ、と思った。

あと三日で、モトイの誕生日。忘れないでハッピーバースデーのメール送ろう。

ラジオの夏休み

8月25日（月）

もうすぐ夏休みも終わり。早かった。今年の夏休みは、プールにもキャンプにも行かず、八時に家を出て、塾に行って、五時過ぎに帰ってくる、っていう毎日だった。家に帰ってから、ちょっと食べて、だらだらして、おこられて、自分の部屋に行って、勉強して……。

こういうことを言うと、ヒサンに聞こえるのかな。おばあちゃんと電話で話すと、いつも「大変だね」とか「だいじょうぶ？」なんて言われる。なんか、心配そうに言われるのって、好きじゃない。わたしは塾にも新しい友だちができたし、前よりも楽しいんだから。

……でも、あんまり「楽しい」とか「おもしろい」なんて言うと、今度はお母さんに「まじめにやれ」って言われる。だから、黙ってやることにしている。

別に勉強ばかりしているわけじゃない。今年は、ちょっとちがった楽しみを見つけた。

それは、ラジオ！

前から、お母さんに、「CDプレーヤーとラジオがくっついたものを買ってあげる」って言われていたけど、結局買ってきたのはラジオだけのものだった。

「CDは、リビングにMDも聴けるステレオについてるし、むだだから、ラジオだけのにしたからね。ほら、これ、見て。いろんな局が表示されていて、そこを押すと、いっぺんに出てくるんだよ」

ほんとだ。時々お母さんがステレオのラジオをいじってる時、ザー、とか、ガー、とか、ピョピョーン、なんて変な音がするけれど、このラジオは、「FM東京」とか「TBS」とか書いてあるところをポンと押すだけで、きれいな音が出てくる。小さいから、机の上にも置ける。なんか、いい感じ。

「夜、勉強する時にラジオを聴くと、けっこうはかどるんだよ。集中できない人もいるけどね」

と言うので、試してみることにした。そういえば、お母さんは自分の仕事をしながらコンピュータの中から出てくるラジオ（あれ、なんていうのかな、インターネットを使うやつ）を聴いている。アメリカのラジオ局で、ジャズばっかりやっている。このラジオ局はアメリカのお父さんが始めたんだ、って、この間初めて聞いた。へえー、って、ちょっと感動した。それでアメリカの家には、あんなにレコードとかCDが壁いっぱいにあったんだ、って納得した。

おばあちゃんも、テレビよりもラジオの方がおもしろい、って言ってた。夜中に目がさめた時とか、朝早く起きて着物を縫う時とか、台所の片付けをする時とか、ラジオを聴いているんだそうだ。よく聴くのは夜十一時頃からのNHKの番組で、日本各地の人がいろんなことを話すらしい。でも、いつも思うけど、なんかヘン。おじいちゃんは横にした大仏のように固まって一日中テレビを見ていて、別の部屋ではおばあちゃんがラジオを聴いている。おんなじ家の中に二人しかいないのに、あんまり話もしない。いいのかなあ。

わたしは、買ってもらって一日目に、もうお気に入りの局を見つけた。J-WAVEだ。ちょっとアメリカっぽくて、英語もしゃべるし、いろんな音楽が出てくる。全然あきない。夕方から寝るまで、ずっと聴いている。まず、六時半頃、ラジオのスイッチを入れると、「ひでしまふみか」って人と、「ピストンさん」っていう人が出ている。顔が見えないんだけど、どんな人なのか、なんとなくわかるのがテレビとちがうところ。ピストンさんは、よくじょうだんも言うけれど、けっこう厳しい人だと思う。まちがいをゆるさない、っていうか……。で、その後、十時から十二時までは、「OH！　マイレディオ」っていう、音楽中心の番組で、やっている人が毎日かわる。ミュージシャンも出てきたりして、おもしろい。今まで出た人たちの中で、わたしが知っていたのは平井堅だけだったけど、なんだか近くで話しかけられているようで、終わってからも「あの人、こんなこと言ってたなあ」って覚えていることが多い。テレビだと、見ていてもすぐ忘れてしまう。

J‐WAVEは、「いろいろ詰まってる」って感じかな。今まであんまり聴かなかったような古いアメリカの歌とかが出てくるし、急にわたしの好きなサザンとかスピッツの曲が出てくると、すごくうれしくなる。それから、ラップっぽいのも、悪くないなあ、と思うようになった。前よりも好きになったのは、名前は全然覚えていないんだけど、アメリカ人の女の人の声。うるさい曲じゃなくて、昔のジャズっぽいのでもなくて、リズムがあって、明るい感じの歌。歌手の名前も題名もわからないのが残念。メロディーは歌えるのに……。今度、注意して聴いてみよう。

もう、夜遅くまで起きている時も、さびしくない。わたしはすっかりハマってしまった。勉強も楽しくできる。……あ、でも、こんなふうに「楽しく」やっていては、また「中身がない」って言われそう。友だちはみんな、時々テレビを見るか、テレビを消して勉強するかのどっちかだって言ってたなあ。まあ、いいや。お母さんだって、いつもラジオを聴きながら仕事しているし、中学生の頃は、ラジオばっかり聴いていた、って言ってたもの。ひとつだけ、わたしに注意したことがある。

「お母さんは、夜中にごそごそ起きて、ラジオ聴きながら勉強して睡眠時間が足りなかったから、背が伸びなかったんだよね。だから、ラジオばっかり聴いてると、背が伸びなくなるから、気をつけなさい」

……って。ラジオ、イコール、チビって……？　ホントかなあ。でも、今のところわたしはセーフ。夏休み中に二センチ伸びたし。

ともかく、こんな訳で、わたしは自分の部屋にいることも多くなったし、机に向かう時間が長くなったし、毎日、大人の会話を聞いてるみたいな楽しみもあるし、いろんな音楽を聴くようになったし……、この夏休み、わたしは少しだけ大人になったような気分だ。

昼間の電車

8月30日（土）

あんなの初めて見た。びっくりしたのと自分がはずかしいのと後悔とで、頭の中がぐちゃぐちゃしている。

今日、午前中のテストが終わって、渋谷からオカちゃんと帰ってくる時だった。夏期講座が終わって、夏休み最後の大きなテストだったから、帰りはいつもよりスッキリした気分で、ふたりで駅に向かった。

昼間の電車は、わりと空いている。池袋・新宿方面の電車がきて、二人でダッシュするように電車に乗って、三人がけの端の席に座った。これが夜の電車だと、ぎゅうぎゅうで苦しくなるくらいだから、オカちゃんとふたりで「座れたねー」なんて言って、笑っていたところだった。

ガタガタッ、っていう音と同時に、「アッ!!」と叫ぶような声がした。すぐに、「だいじょうぶですか！」っていう声もして、ドアの方を見ると、女の人の腰から上だけが見える。電車とホームの間に下半身が埋まっている。……ていうか、半分落ちてしまったんだ。その人を必死で助けようと、両腕を引っぱっている別の女の人がいる。背もそんなに高くないし、やせているのに、ありったけの力を出してその女の人を助けようとしている。

どのくらいの時間だったのかわからない。やっと引きずり上げた時、わたしはただびっくりして見ているだけだった。女の人を助けてくれたのは、あの大学生ふうのお姉さんだけだった。電車の中には、大人の男の人もいたけれど、何も言わなかったし、しなかった。みんな、心配だったのかもしれないけど、ただ見ているだけだった。わたしと同じように。駅員さんもこなかった。気がつかなかったのかもしれないけど。

半分落ちてしまった女の人は、立ち上がって、オロオロしたような赤い顔をしている。助けてくれた女の人は、しきりに「だいじょうぶですか」と声をかけている。そしたら、わたしのとなりのオカちゃんがサッと立ち上がったので、わたしもつられて立ち上がった。オカちゃんはわたしに合図するような目をしたので、あ、そういうことか、とすぐにわかった。

「どうぞ、座ってください」

オカちゃんは女の人ふたりに声をかけて、わたしたちは、少し離れたドアのところに立った。助けられた女の人は大きな荷物を持っていて、そのカバンをわきにおいて座った。はあはあ、と息をしている。助けた方の女の人は、その前に立っている。さっきは気がつかなかったけど、おしゃれで、今ふうの人。片方だけにピアスをしていて、黒っぽいスパッツの上にミニスカートをはいている。靴はペタンコので、先がとがっている。ほんとにふつうのおしゃれな大学生、って感じなのに、話すのを聞くと、見かけとちがう。

「次の駅で降りた方がいいですよ」

とやさしく、でもきっぱりと言う。前に座っている女の人は、小さい声で、

「だいじょうぶです……」

と申し訳なさそうに言う。そしたら、

「何言ってるんですか。けがしてるんですよ。いっしょに病院に行きますから、次の駅で降りましょう」

と、前よりも強い口調になった。「けが」って聞いて、はっと気がついた。その女の人のジーンズのひざから下が盛り上がって、赤茶色っぽいのがにじんでいる。すそからは血がいっぱい出て、サンダルの下にも血がたまっている。サンダルの色も赤だから、ちょっと

見るとわからないけど、くるぶしのあたりにもタラーッと血が流れていて、足を少し動かしたら、サンダルのかかとのところに、血の跡がくっきりとついていた。それを見ていて、わたしはドキドキしてきた。ジーンズの下はすごいことになっているはず。それなのにその女の人は、「痛い」っていうよりも「はずかしい」とか「申し訳ない」って顔をしている。

わたしは思わず目をそらして、ドアの方を向こうと思ったら、オカちゃんがカバンの中を何かごそごそ探している様子だった。ティッシュをひとつ取り出して、けがをしている女の人に持って行った。わたしは、それもびっくりして見ているだけだった。

助けた女の人は、心配そうな顔で、ケイタイをすごい速さで打っている。病院に行くために、どこかに連絡しているんだと思う。

次の駅、原宿に着いた。助けた方の女の人は、けがをした人をかばうようにして降りた。ドアが閉まって、少し動き出したら、二人は、わたしたちの方を見て、頭を下げた。わたしたちも頭を下げた。原宿の駅が見えなくなってから、オカちゃんは顔を手でおおって、

「あー、あたし、血はだめなんだ」

といった。エッ？　とびっくりしてオカちゃんの顔を見た。

「さっき、あんなに落ち着いてたじゃない」

「ちがうよ。ああいうの、見てらんないだけだよ、あたし」

わたしはオカちゃんの顔を見て、ただただ、すごいなあ、って思った。そうなんだ、オカちゃんてこういう子なんだ。だからわたしは大好きなんだ。いつも明るくておもしろいんだけど、周りをよく見ていて、「なんでそんなに見えるの?」って思うほど、わたしが考えていることも見通している。大人なんだ、わたしよりもずっと。

それにしても、わたしは……、オカちゃんのように、ティッシュを持っていってあげるどころか、ハンカチもティッシュも、何も持ってなかった。それに気がついたのも、二人が降りてから。オカちゃんなんか、ティッシュ三つも持ってたんだよ。わたしは、いつもお母さんから「ハンカチ二枚、ティッシュも二つは持って歩くように」って言われているのに、しょっちゅう忘れる。だらしない、って……、今日は自分でもそう思う。すごくはずかしい。さっき、あのけがをした女の人が歩いたあとには血のあとが残っているし、サンダルの形もわかるほど、くっきりと赤い色が残っている。

ハッと思い出した。ゆうべのお母さんの話。

昨日の夜、お母さんは夜のウォーキングから帰ってくる時、男の人に殴られてけがをしている女の人を見たという。その女の人は、バッグも取られてしまったそうだ。

「その人は、座り込んでふるえていて、足からも血が出てるし、頭も打ったみたいだから、ケイタイで警察呼ぼうとしたら、『いい』って言うんだよ。『知ってる人なんですか』って聞いたらうなずいて、『だいじょうぶ』って言いはるんだよ。『送っていきましょうか』って言ったら、『だいじょうぶ、歩いて帰れるから』……って。あんまりしつこくしても、って思ったから、『じゃ、気をつけて』って言って、そのままになっちゃったんだけど……。あの時、やっぱり警察呼べばよかったのかな。どう思う？　ハナエ」

わたしは、話を聞きながら、いっしょにウォーキングに行かなくてよかった、と思った。そんな変な男の人がいたら、怖い。お母さんは、話しながらだんだんおこってきた。

「でも、とんでもないよ。その女の人が殴られてた時、近くを歩いている人いたのに。三人ぐらい。みんな男。オヤジ！　なんにもしないの。なんにも言わないの。女の人が道に倒れても、声もかけないんだよ。何もしてくれないのって、だいたいオヤジだよね」

わたしがすぐにウンウンと言わなかったので、お母さんはわたしの顔を見て、

「こういうの聞いても、びっくりしないの？　ひどいって、思わない？」

と言う。ちょっとめんどくさいなあ……って思った。

「でも、その女の人も、最初からそういう男の人とかかわんなきゃいいんじゃないの？」

わたしが言うと、お母さんは少し固まってしまった。

「あ……そう……、そう思うの。まあ、それはそうだけど……」

「その女の人、そのヘンな男の人とつきあっててんじゃないの？」

「うん……、そうかもね。だから、警察呼ばなくてもいい、って言ったのかも……」

「そしたら、その人も悪いよ」

わたしは、自分で言っていることが正しい、って思えてきた。

「そりゃそうだけど、でも、あんなところで……。ああいう時に知らんぷりしてるって、おかしいよ、いくらなんでも」

お母さんは、ちょっとムッとして言った。そして、最後に付け加えた。

「冷たいよね」

お母さんが昨日見たのと、わたしの電車の中でのこととはちがう。でも、思い出しながら、なんだかいやな気持ちになった。気まずい、っていうのかな……。

けがしたり、困っている人がいる時、サッと手を貸せる人はいるんだ。オカちゃんは、

「血が苦手だ」って言いながら、席をゆずってあげたり、ティッシュを出してあげたり、ふつうの顔で、てきぱきと、相手に負担にならないように、わざとらしくでもなく、いい子ぶってるふうでもなく、サラッとやってた。すごいなあ、って思う。

でも、わたしは何？　お母さんが「冷たいよね」って言ったのが耳に残っている。あの時はびっくりして体が動かなかった、っていうのは本当だけど、それはやっぱりわたしが「無関心」で「冷たい」からかもしれないって思ったら、はずかしくなった。

それにしても、わたしはオカちゃんと友だちで良かった。明るくて、いつもじょうだんばっかりで、わたしを笑わせて、でも、大人っぽいところがあって、やさしいオカちゃん。わたしがボーッとしている分、オカちゃんといっしょにいると、少しは影響されて、良くなるかもしれない。

今日は、すごく反省した一日だった。

受験タイマー

最近、あんまりいいことない。塾での成績は下がりっぱなしで、得意の国語まで下がってしまったし、家ではおこられてばかりだ。大好きなラジオも「当分、聴いちゃダメ」って言われた。あーあ、って感じ。

で、気がついたんだけど、わたしはやっぱり時間の使い方がへたなんだ。先週からタイマーを使って勉強するようになって、納得した。

先週の木曜日、学校から帰ると、お母さんがふきげんな顔で待っていた。テーブルの上にはタイマーがある。塾で使っているのと同じような、マグネット付きで首にかけられるタイマーだ。

「なんで保護者会のお知らせ、かくしておいたの！」

って、急にどなられて、絶句。かくしておいた、っていうより、捨てちゃったんだけど。

「お昼頃、塾から電話かかってきたんだよ。『本日の保護者会出欠の返事がないんですけど』だって。『何時からですか』って聞いたら、『一時半からです』っていうから、『すぐ行きます』って言って、すっとんで行ったよ。どういうことなの、一体！」

……って、相当おこってる。お母さんは、もっといろいろ言いたそうだったけど、わたしは塾の時間だったので、急いで用意して出た。

授業の始めに、先生から「今日、お母さんたちにいろいろ言いましたけど」って、詳しく説明された。だらだら勉強しても中身がなければ、効果が出ないから、タイマーを使ってやること、過去問は時間を決めて解くこと、その後、できなかったところは集中して何度もやること……。いろいろ厳しく言われた。それで、なんで家にタイマーがあったのかわかった。わたしは成績が下がっているから、自分でも「まずいなあ」と思って聞いていた。

塾から帰って、その夜からタイマー付きで勉強することになった。しかも自分の部屋じゃなくてリビングのテーブルで。これってつまり、わたしは信用されてない、ってことだ。見張られるわけだ。

でも、やってみたら、けっこう集中してできたし、量もいっぱいこなせたから、自分でもちょっとびっくりした。塾のある日は、家に帰るのが十時過ぎだし、それからちょっと食べたりお風呂《ふろ》入ったりすると、あっという間に十一時。そうすると、十二時まで一時間ぐらいしか勉強する時間がなくて、その日の復習ぐらいしかできなかった。それが、今日は十時半から一時間半、三十分単位で社会と理科の復習したり、算数の問題を解いたりで、それなりに充実感があったような気がしたけど、こういうのが本当の〝充実感〟っていうんだな。

「塾の先生は、『本当はこんなことは四月ぐらいまでに習慣づけて欲しかったんですけどね』って言ってたよ。まったくもう。今までさんざん言ってたじゃない。時間の使い方で決まるって」

お母さん、がっかりしたような顔をしている。わたしは、「言っとくけど、これってわたしだけじゃなくて、授業中、みんなに言ったんだよ、先生は」って……、言いたかったんだけど、やっぱり言えなかった。ここで何か言ったら、大変なことになりそうな気がした。少なくとも、あと一時間はおこられるはず。

だいたい、わたしがいつもおこられることは決まっている。時間の使い方がへたなこと。片付けられないこと。塾で渡されたプリントも本棚に突っ込んで、いつのまにかばらばらになってしまい、三か月にいっぺんくらい、お母さんがわたしの机とか本棚を整理し直す時に「ああ、こんなところにあった」って感じでいっぱい出てくる。それで、その度にお母さんのいかりはバクハツする。

「ファイルまでつくってやって、そこに入れるだけなのに、なんでそれができないの！」って。いちおう自分でもわかってるんだけど、なんでか直らない。

別に、人のこと言って逃げるわけじゃないんだけど、わたしよりもお兄ちゃんはもっとすごいし、そして、その十倍くらい、アメリカにいるお父さんはそうだ。お母さんは、こういうことですごくおこって、止まらなくなることがある。

「なんか、花粉症と同じなのかも。花粉症って、ある日突然出る、っていうよね。カップに少しずつたまってきているうちはわからなくて、いっぱいになったら突然ワーッとあふれ出す、って。だからお母さんのも、花粉症とおんなじで、一回あふれてからは反応しすぎなのかもしれないね」

って、悪そうにわたしたちに言ったことがある。その時は何言ってんのかよくわからなかったけど、今は、アメリカで暮らしていた時のことだ、ってわかる。わたし、二年前にアメリカに遊びに行った時、思ったんだ。これじゃ、離婚するよなあ、って。二人とも全然ちがうのに、なんで結婚したのかな。不思議。全然合わないよ。

お母さんは、何でも早くやるのが好きな人だ。料理だって、あっという間につくってしまう。食べる時に、わたしたちに「おいしい？」って聞くよりも「早くできたよね」って自慢げに言う。だいたい「早い」とか「時間通り、ぴったり」ってことばが必ず出てくる。でも、ていねいにきっちりと、って感じじゃなくて、スープとかロールキャベツとか、具がいっぱい入ったみそ汁とか、適当にいっぱいつくるんだ。クッキーだってきれいな形のものは一度もつくったことがなくて、オートミールクッキーだけだ。ちょっと見ると、「何これ？」って感じで、ぐちゃぐちゃのを固めたみたいので……、でも、けっこうおいしい。みそ汁は、特においしい。

ウォルターは、時間なんて全然気にしない。アメリカで、時々ウォルターが料理をすることがあったけど、二時間とか三時間とか待たされた。小さい頃のことは覚えてないんだけど、アメリカに行った時、「こういうことなのか」ってわかった。ラザーニャをつくってあげる、って言って、本をじっと見ている。つくったことないのかなと思って、「何でもいいよ。早くできるのがいい、お腹すいてるから」って言ったら、モトイがスクランブルエッグをつくってくれた。

「ハナエ、時間かかるから、これ先に食べちゃいな。ウォルターは、前にもつくったことあるんだけど、必ず料理の本見るんだよ」

って言われた。本を見ながらつくるなんて本格的だ、と思って、わたしも見ていることにした。ウォルターは、いろんなスパイスをきっちりスプーンで計って、小さい皿に入れておいて、野菜とかも切っておいて、最後に油まで計って、それからやっと始まる。まるで料理番組だ。それに、「あ、そういえば……」ってのが多くて、料理が始まるまでが長い。ラザーニャをつくるからって、イタリアっぽい音楽が必要だって言い出して、レコードを探して、それから音楽を聴き始めて、誰かに電話して……。もう、わたしはカリカリして、「いいかげんにしてよねッ！」って思った。その時は、モトイはそういうのになれているみたいで、今度はトーストをつくってくれた。その時は、ただの〝モトイ〟じゃなくて、頼れる〝お兄ちゃん〟って感じだった。

結局、わたしは待たされっぱなしで、ラザーニャができたのは、十一時過ぎだった。もう、眠くて眠くて、食べるのなんてどうでもよくなっていた。でも、せっかくつくってくれたから食べたけど。なんか、複雑な味だったけど、けっこうおいしかった。でも、こんな感じだから、ご飯の時間なんていつもバラバラ。

片付ける、片付けない、ってことでもすごくちがう。お母さんは、床にものがあるのが大きらいで、次々と捨ててしまう。大事なものをまちがって捨てちゃうこともあるみたいだ。「ない、どうしよう」なんてオロオロしているところ、わたしは何度も見たことがある。この間「なくなった」って騒いでいた時計だって、何かにまぎれてゴミ箱行きになったんだと思う。

でも、アメリカの家はすごい。何がすごいかって、ものがありすぎるんだ。新聞だってなかなか捨てない。そういえば、この間モトイが電話で言ってた。

「ハナエとお母さん、ここ見たら、多分貧血おこすよ」

って。モトイはため息をついて、

「オイラもお手上げ状態です」

なんて言うから、笑っちゃったよ。わたしが今使っているモトイの部屋だって、すごかったんだから。ちょっとくさかったし。でもモトイは、みんなから「アメリカに戻ったら、今以上に、だらしなくなるんじゃないか」って言われてたのに全然逆で、時間も守るようになったみたいだから、不思議だ。

わたしのは、いつ直るのかなあ。時間のことにしても、片付けることにしても、「だらしない」って言われると傷つくよ。ホントのことだし、しょっちゅう言われてるけど、やっぱりいやだ。こういうのって生まれつきなのかなあ。お母さんは、時々わたしのことを「AB型だから、理解不可能」って言うけれど、それって関係ないよね。何かっていうと血液型を持ち出すけど、そういうのって差別だと思う。

なんか、いつも「早く早く」ってのもいやだけど、「時間なんか関係ない」ってのもいやだ。適当にちゃんとやる、っていうのがわたしの目標だな。そうだ、AB型っていうのは、よく「二つある」とか言われるから、うまくバランスをとれるようになりたい。そうなったらカンペキ、ってことだ。

やっぱり、当分タイマーを使って勉強してみよう。いずれにしても、このままだと相当まずいよ。受験終わったら、ボーっとしたり、ゴロゴロしたり、遊びに行ったり、いろいろやりたいことがあるんだから。とにかく、もうちょっとがんばらないと。

100円の恋愛力

今日は、なんだか幸せな気持ちだ。朝からお仕事があって、終わって夕方帰ってくる時から、なんとなくそんな感じがする。最近、お仕事があると、勉強のことを考えて落ち着かなくなるのに、今日は、今までとちがう。

CM撮影のお仕事だった。初めてのCMのお仕事だけれど、中野裕之監督だから、去年の映画の続きのような感じで、楽しみにしていた。中野監督はわたしが出た『ハナとオジサン』の芹澤康久監督の〝先生〟みたいで、『ハナとオジサン』の撮影の時も会ったことがあったし。ちょっと不安だったのは、絵コンテに、わたしが〝泣く〟っていうシーンがあったこと。映画を見て泣くらしいんだけど、自信ない。たしかに、最近、テレビを見て涙が出てくることがあるけど、カメラの前で泣くなんてムリ。それと、男の子といっしょにマフラーをして、顔を近づけるみたいだけど、そんなこと今までしたことないし……、どうなるのかなあ、って思っていた。

スタジオに着いて、衣装合わせをして、撮影が始まるまで本を読んで待っていた。わたしといっしょにやる〝豊田《とよだ》くん〟っていう男の子もきて、紹介された。でも、その時わたしはメガネをはずしていたので、表情とか全然見えなかった。豊田くんは、中学三年生だそうだ。

「いつからお仕事やってるんですか」

とわたしが聞くと、ボソッと、

「中一の夏から」

と言う。ってことは、二年ちょっと前。わたしと同じ頃に始めたんだ。でも、緊張しているみたいで、自分からは何もしゃべらない。

撮影が始まったら、ますますそうだった。最初は、わたしがショーウインドーからバイクを見ていて、同じようにバイクを見ていた豊田くんに気がついて、わたしの方が豊田くんに〝ひとめぼれ〟する、っていう場面だ。これって、今考えるとけっこうはずかしい。でも、その時は、別に何も思わずにやった。豊田くんは、道を行く人たちの視線が気になるみたいで、その人たちがこっちを見るたびにチラチラと見返していた。二人でいっしょのマフラーをしているシーンでは特にそうで、カチコチになっているんだなあ、ってわかった。

その時、なぜか去年の学芸会のことを思い出した。学芸会では映画よりも緊張して、しかも映画の撮影の後だったのに、お母さんからは「あんなひどいとは思わなかった」って言われた。自分では、先生の言う通りにやって、身ぶり手ぶりも大きくちゃんとやったつもりなんだけど、「すごいヘタクソ」って言われて、ちょっとショックだった。モトイからも「ふつうしゃべる時、あんなかっこ、しないよ」って言われた。よく考えると、そうだなあ、と思う。不自然だよね、やっぱり。「大きく」っていうセリフで、手を大きく広げて「お～きく」なんて、ふつう、言わないよね。あー、思い出すとはずかしい。

でも、映画の撮影の時は、ホントに自然にできたのを覚えている。今日だってそうだ。中野監督だから。中野監督だと、〃撮影〃とか〃演技〃っていうんじゃなくて、ふだんの続きみたいに、なんとなく自然にできてしまう。不思議だ。

スチール撮影は大阪からきたカメラマンさんで、最初は「自由にやってね」なんて言ってたけど、わたしも豊田くんも〃自由に〃できなくて、そのうち、

「あのねえ、君たち。言っとくけど、ここにも書いてあるよね。『100円の恋愛力』って」

と言われた。でも、それってムリだよ、って思っていたら、

「じゃ、肩に頭のっけてみて」とか、

「耳元に顔を近づけて、なんか言うようにしてみて」とか、

「今度は顔を見合わせて」とか、

「二人でバイクに乗って」とか、

「手をつないでみて」とか、いろいろ言ってくれたので、その通りやっていたら、そのままスムーズに進んだ。豊田くんはモトイと同い年だからかな、似ているところもあった。顔じゃなくて、話し方とか、歩き方とか、それから、手がみょうに冷たくて湿っているのが、似ているなあ、と思った。わたしは、自分のことよりも、モトイが女の子とマフラーをしているところを想像すると、おかしくなった。だって、窪塚洋介とおんなじようなかっこうをしていて、目つきも悪いし……。女の子は近寄らないよなあ、と思う。

お昼過ぎ、わたしひとりのシーンがあった。

「おもしろいのを見せるよ」

と中野監督から言われて見たのは、『ローマの休日』という映画で、オードリー・ヘップバーンっていうきれいな女の人が出ていた。〝きれい〟っていうことばだけじゃ全然足り

ない。よくテレビのCMとかで聞く〝透明感のある〟ってことばがあるけど、こういう人のことを言うんだな、って思った。

で、急に、「あ、そっかー！」ってわかった。わたしが何年か前、朝七時半から……、ちょうど学校に行く前に見ていたNHKの『オードリー』。あそこに出てくるお父さんがオードリー・ヘップバーンが大好きで、自分の娘のことをオードリーって呼んでいたんだ。そうだ、〝オードリー〟ってこの人なんだ。あのドラマの中では、本物のオードリーが出てくることがなかったから、外国の映画スターなんだな、ってことしか知らなかったけど、とうとう本物に会えたんだ、映画の中で。感激。だって、すごくきれいで、かわいくて、少女っぽくて、性格も良さそうで、とにかく目がきれい。

中野監督は、

「オードリーは、無邪気で、かわいくて……、だからこの新聞記者は恋に落ちたんだよ」って教えてくれた。王女さまの時には、大人っぽくて上品な美しいオードリーで、新聞記者といる時には、新鮮でかわいくて、きらきら光っている。この時、何歳だったのかわからないけれど、年齢に関係なく、その人らしさが映画の中から伝わるってすごいなあ、と思った。

撮影の最後の方になってやっとわかったんだけど、わたしと豊田くんがバイクに乗ったのは、映画の中と重ねていたんだ。わたしたちが映画のマネをするシーンだったんだ。

それと、結局、わたしの〝泣く〟シーンはなかった。監督が、

「笑っている方がハナエちゃんらしいから、笑うシーンにするね」

って、絵コンテから突然変えた。よかった。わたしもこっちの方がいい。大好きな映画は、ドキドキしながらうれしい気持ちで見たい。結局、撮影では、ちょこっとしか見れなかったから、今度、この映画を全部見てみたい。

そういえば、わたしが映画館で映画を見るのは、年に一回ぐらいしかない。『千と千尋の神隠し』を見た時は、四年生だった。千尋と同じ十歳。不思議な世界に迷い込んで不安になったり、〝ハク〟っていう男の子にドキドキしたりで、映画を見て感動したのは、あれが初めてだと思う。映画館を出ても、ハクのことが忘れられなくて、あの不思議な世界に戻っていきたい、と思った。

映画館にはめったに行かないけど、ビデオとかＤＶＤでは、時々見る。かぜをひいた時とかは、たいてい寝ながら映画を見る。リビングにふとんを敷いて、そこで見るっていうのが、わたしはけっこう気に入っている。それと、なぜかおこられた後に、映画を見るの

が多い。ほんと、なんでなのか……。中野監督の『RED SHADOW』も、イランの『運動靴と赤い金魚』も、『タイタンズを忘れない』も、『ウォーターボーイズ』も、『あの子を探して』も……、全部家で見たんだ。映画を見た後は、なんか元気が出る。イランの悲しい映画でも、そうだ。

今度の日曜日、テストが終わったら、ゼッタイＤＶＤを借りてこよう。見るのはもちろん、『ローマの休日』。

ミュージック・オブ・ハート

『ローマの休日』を借りようと思ってTSUTAYAに行ったけど、なかったので『ミュージック・オブ・ハート』にした。っていうよりも、わたしが迷うよりも先にお母さんがパッと選んじゃったんだけど。いつもは三つぐらいDVDを借りてくるのに、それ一つだけだったから、つまらなかったらどうするのかな、ってちょっと心配だった。

夕食をサッサと食べて、待ちに待った映画だ。このために、帰りにシュークリームも買ってきたんだ。

映画が始まってすぐにわかった、なんでお母さんがこの映画を選んだのか。ニューヨークだ。マンハッタンだ。ハーレムだ。住んでいたところのすぐそばだ。全部覚えているわけじゃないけど、映画に出てくる小学校を見ても、先生を見ても、なんだかすごくなつかしい。こんな感じだったよなあ、って思った。わたしは三年間アメリカの学校に行った。プリスクールから九年生まであるカトリックの学校で、モトイも同じところだったから、いつでも会えた。この映画と同じように、いろいろな子がいた。肌の色もみんなちがうし、英語をしゃべれない子もいた。わたしは、先生も学校も大好きで、最高だった。毎日、本当に楽しかった。

映画を見ながら、急に次から次へと思い出した。いっぺんに引き出しが開いたように、大事な思い出が飛び出してきた。この映画はホントにあった話だって知ったとたん、ホントにわたしもそこにいるような気持ちになった。

主人公の女の先生は、泣いたり笑ったりが激しくて、あんまり好きじゃないけど、この先生が子供たちに言うことばを聞いて、ハッとした。前に聞いたことがあることばだったから。

"You shouldn't quit something just because it's hard."（むずかしいから、っていう理由だけであきらめちゃだめ）

とか……。

"Play from your heart."（心で演奏するのよ）

とか。それから、

"I'm proud of you."

これって、日本語でどう言うのかな。うまく訳せない。このことばは何度も言われたから、英語ではっきり覚えている。わたしの幼稚園の先生だったミス・ミアは、この映画のバイオリンの先生と同じように厳しかったけど、しょっちゅうほめてくれた。一日に何度も。

映画では、最後に「カーネギーホール」っていう大きなホールでコンサートをする。その時は有名な音楽家も入って、いっしょに演奏する。すごい感動的。こんなふうにみんなで演奏するのっていいなあ、って思った。学校にこういう音楽の先生がいてうらやましい。

この時の制服にしてもそうなんだけど、みんなちがう。それで、ひとりひとりが光ってるんだ。そうだ、そういうのも、わたしがアメリカの学校で好きなところだった。

お母さんは、映画を見ながら言った。

「アメリカは、元気になれるところだよね」

「じゃ、日本は?」

わたしが聞くと、すこしハハッと笑って、

「日本は、反省ばっかりするところ」

と言う。なんか、意味不明。アメリカは元気になれるところ、っていうのは、そうだなあと思う。わたしは、アメリカでは今以上に元気だったもの。

でも、わたしが日本に帰ってきて最初に「しちゃいけない」と思ったのは、「showy になること（人前で自慢するみたいなこと）」だった。べつに悪いことだと思ってなかったけど、何となく日本ではダメなんだな、ってすぐにわかった。ヘンな反応されるから。

モトイが日本に帰ってきた時に、わたしに言った。

「ハナエ、日本人っぽくなって、へん。ハナエじゃないみたいだよ」

って。だからわたしは言ったんだ。

「日本人っぽくなるようにしてるんだもん。日本語もしゃべれるようになるには、日本人みたいにしないと、って思ったんだもん」

って。そしたら、

"That's stupid."

って言われた。今考えると、確かにわたしが言ってたこと、おかしい。だって、アメリカでは、英語を話せるようになるために、アメリカになれるために「アメリカ人っぽくなる」なんてないもの。第一、みんなちがうから。「アメリカ人」って誰？　どの人？　って感じ。

この映画を見て、アメリカがなつかしくなって、あの頃の友だちや先生に会いたくなった。……っていうよりも、あの頃のままの自分で、またあの頃の友だちに会いたい、って思った。別に、今がいやだとか、小さい頃に戻りたい、っていうわけじゃないんだけど……。

でも、みんなもう、バラバラかもしれない。わたしの大親友ミシェルは、お父さんとお母さんがホンジュラスの人で、英語とスペイン語が話せた。わたしが日本に帰ってくる時、ミシェルは「フロリダに親せきがたくさんいるから、わたしもそのうち引っ越す」って言ってたから、もうニューヨークにはいないかもしれない。ジャン・フェリープはどうかなあ。フランスに帰っちゃったかな。ジャン・フェリープのこと、よくトイレの外で待ち伏せしたっけ。ちょっと気に入ってたんだ。でも、ライバルがいっぱいいて大変だった。特にクリストル。クリストルは、生まれてすぐにジャマイカからきた、って言ってたっけ。コーンローっていう、細かく三つ編みにした髪型がすごく似合って、かわいかった。頭につけていたオイルが光って、わたしは、クリストルの丸い金のピアスもうらやましかった。そういえば、ナディーンはどうしてるかな。エジプトからきたばかりで、あんまり英語が話せなかったけど、家ではアラビア語とフランス語を話すんだって言ってた。ナディーンのお母さんとうちのお母さんが仲が良かったんだっけ？　おんなじアパートだったし。お人形みたいで、青と緑がまじった目をしていて、いつもみんなから「ビューティフル」って言われてた。中国人とか韓国人の子は、どの子も静かで、先生からおこられることは一度もなかった。ひとり、ロシア人の女の子で、おとなしくて頭がいい子がいたんだけど、幼稚園から二年生にスキップしちゃったから、名前は思い出せない。

あそこは、わたしにとって天国だった。まだ小さかったからかもしれないけど、先生からおこられても全然平気だったし、ほめられることもたくさんあったし、「はずかしい」なんて思ったこともなかった。なんか、のびのびーって感じだったな。今のわたしとはちょっとちがう。

夏休みに、DVDで『ペイ・フォワード』っていう映画も見たけど、同じアメリカなのに、ピンとこなかった。ニューヨークと全然ちがうし、白人ばっかり出てきて「アメリカってこんなだった？」って思った。あ、あとさあ、あの映画では、最後に主人公の男の子を刺して殺しちゃうのがヒスパニックの男の子っていうのも、わたしはちょっといやだった。

モトイもいっしょに見ていて、「なんか、サベツだよな」って言ってた。まあね、モトイはヒスパニックの友だちが多いし。なんたって、モトイのガールフレンドはプエルトリコ出身だっていうからね。『ミュージック・オブ・ハート』の中では、ヒスパニックの子も多くて、あんまり英語がわからなくて、学校からの手紙を辞書を引きながら読んでるお父さんとかも出てきて、「こっちの方がよくあるよね」って思った。それに、みんなそれぞれ、いろんな事情をかかえている。

いろんな子が、みんなでいっしょに一つの目標を持って、最後に「やったー!」っていう気持ちを味わえるのって、いい。何かをがんばってやるのって、やっぱりかっこいい。

演奏し終わった時、みんな、"I'm proud of myself."って感じだったし。

元気が出る映画だった。

わたしは、「またアメリカに住みたい」っては思わないけど、また行ってみたい。わたしが生まれた国だもの。受験が終わったら行けるかな……。ミス・ミアにも会いたい。覚えてるかな、わたしのこと。

モミヤマさん

今日、モミヤマさんに会った。

今回で二回目。去年お仕事で会った時は「また会えるといいなあ」ぐらいに思っていたんだけど、それっきりだったから、忘れかけていた。

原宿でロケバスに乗るとモミヤマさんがいて、「アッ！」と声を出しそうになった。前よりもやせたみたいだけど、やっぱりちょっとお腹が出ていて、びみょうにヒゲが生えていて、クマっぽい。

「前にもいっしょに仕事したことあるよね。だいぶ前だけど……。千葉に行ったんだよね」

かすれたような、桑田佳祐そっくりの声。たまにひっくり返ったような声のところなんか、特にそう。モミヤマさんは、わたしのこと覚えていてくれたんだ。

「はい。九十九里で、ポッキー食べながら写真撮って……」

わたしが答えると、モミヤマさんは、やさしそうに笑いながら、

「ハナちゃん、だよね」

と言った。びっくりした。みんな「ハナエちゃん」ってわたしのこと呼ぶのに、「ハナちゃん」って呼ぶのは、おばあちゃんとモミヤマさんだけだ。そのことを話すと、

「へー、そうなの。おばあちゃんって、どこの人？」

と興味津々に聞いてきた。

「福島ですけど」

「へー、オレも」

そっかあ、ってすごい納得した。似てるはずだ。「ハナちゃん」っていうのが、少しにごって「ハナじゃん」って聞こえるところまでそっくり。

「だから、お母さんも、ふだんしゃべる時はフツウなんだけど、『ゴミ捨てて』って言うのを『ゴミ投げて』って言ったりするんです。あと、『どいて』って言うのを、『かして』とか言うし」

「あー、そーだ、そーだ、それ言うよねえ」

何度も大きくうなずいて、笑う。声は桑田佳祐なのに、話し方がおばあちゃんにそっくりなのが、なんだかおかしくて、わたしもいっしょに笑った。

今日のロケは三浦海岸。集合が朝の五時五十五分だったから、眠くて眠くて、わたしはバスの中でぐっすり寝てしまった。モミヤマさんに会ってこうふんしてたのに、寝るのは早かった。

三浦海岸っていっても、海に出ないで、どこかのビーチハウスでの撮影だった。そこからは海を見下ろせて、すごく眺めがいい。今日は、少し寒いくらいだし、天気も良くないから、泳いでいる人はあまりいない。

モミヤマさんは(前のお仕事の時もそうだったけど)、メイクさんなのに、あんまり顔をいじらない。色もほとんどつけないし、マスカラもなしだ。「できるだけ自然に、その人に合ったものを」って思っているみたい。なんか、前にそんな感じのことを言ってた。

モミヤマさんは、最初に顔をていねいにマッサージして、クリームをぬってくれた。わたしはこれが気持ちよくて大好き。そしたら、その後のメイクは、パパッと終わってしまった。

でも、ベランダに出て撮影をしているとちゅうで、顔にかかった髪を手でよけようとしたら、まゆ毛が固まっているのに気づいた。まゆ毛にはマニキュアみたいなものがついていた。おどろいて、

「あ、固まってる」

と言うと、モミヤマさんはにっこり笑って、

「そう、仕事やってないようで、やってんの」

と言った。わたしは、撮影の時はメガネをはずすから（すごい近視なんだ。メガネをかけないと0・05。この前、また度の強いレンズに替えた）、鏡もよく見えない。雑誌に出るまで、どうなってるのかわからない。でも、モミヤマさんのメイクは、ふだんのわたしに見えると思う。

撮影は一時前に終わった。天気予報では「昼頃から雨になる」って言ってたから、みんな心配していたみたい。でも、無事終わったので、お昼はみんなで和食を食べに行った。

モミヤマさんは、たたみに座ると、リラックスして、わたしにいろいろ話しかけてくれた。

「ハナちゃんって、食べ物はなに好きなの？」

「えーと……キムチとか……、辛いものが好きです」

「あー、キムチ。おいしいよねえ。あのすっぱいのとか、オレ、好きだなあ」

え？　キムチって、すっぱかった？　ってちょっと考えた。もしかして、ちょっと古く

なったキムチのこと？

わたしは最近食欲がすごいので、モリモリ食べた。けっこう量が多かったけど、いくらでも食べられる、って感じだ。成長期だもんね。

周りを見ると、わたしを除いてみんな食べ終わっている。でも、全部きれいに食べたのは、モミヤマさんと、カメラマンの中里さんだけ。モミヤマさんは、立ち上がってどこかに行った。他の人たちは、お仕事の話とか、大人の話をしていた。わたしは、こういう時は、ただ聞いている。全然知らない人のこととかが出てきて、内容もよくわからないことばかりなんだけど。

で、しばらくしてモミヤマさんが戻ってきた。くつを脱いで、たたみに上がってくるなり、ひとり言のように、

「あー、でたでた」

って言うから、わたしはいっしゅん、びっくりして、はしが止まった。そして、ブフーッと笑いそうになったんだけど、ご飯が口から出そうだったので、口を押さえて周りを見た。みんな、話に夢中になっているし、モミヤマさんの言ったことはわたしにしか聞こえなかったみたいだ。モミヤマさんの声も小さかったし、別に笑いを取ろうとしたような感じじ

ゃなくて、ホントにふつうに……。いつも言ってるような感じで、そのまま自分の席に戻って、ふつうに会話に加わった。だから、わたしも笑うのは悪いなあ、って思って、ふつうの顔をしてご飯を食べつづけた。苦しかった。

わたしが最後に食べ終わってから、ロケバスに乗って東京に戻ってきた。モミヤマさんは、次の仕事がつまっているらしく、運転手の大野さんにしきりに時間を聞いて、自分の時計を見ながら何か考えている。

帰り、またわたしは眠ってしまった。ロケバスに乗ると、いつもこうだ。目がさめたら（というか、起こされたら）、もうモミヤマさんはいなかった。いつも、みんなばらばらにロケバスから降りて帰る。モミヤマさんは、わたしより先に降りちゃったんだ。もう少し話がしたいと思っていたから、残念。わたしが降りる時、バスの中には四人ぐらいだけ残っていて、その人たちはみんな眠っていた。

バスから降りて、事務所に電話をして、窪田さんにお仕事が終わったことを報告すると、

「楽しかった？」

と聞かれた。すかさず、

「はい」

と答えて電話を切ったけど、今日、モミヤマさんだったから聞いたのかな、と思った。

モデルのお仕事で一番好きなのは、いろんな人に会えること。また会いたいと思っていた人に会えると、すごくうれしい。モミヤマさんに、三回目、会えるといいなあ。

受験まであと100日

「いじめ」って、いつ頃からあるんだろう。モトイは、「アメリカの学校でも、からかったり、いじわるしたりするのはあるけど、クラスじゅうから無視されたりいじわるされたりっていうのは、ない」って言ってた。

時々、いやだなあ、って思う。学校は楽しいけど、友だちの間でのグチャグチャって、ホントやだ。疲れる。

重松清の『ワニとハブとひょうたん池で』を読んだ時、「こんなひどい事、ほんとにあるのかな」って思ったけど、あるんだ。実際にわたしの周りで起きている。

よく、「いじめる方も悪いけど、いじめられる方も何か原因がある」って言うけど、そんなことないよ。この間、学校である先生が「自分がいじめられていると思ったら、自分から話しかけたりしてみましょう」なんて言ったけど、「え？　何言ってんの？」って思った。ちょっと、ちがうんじゃない、って感じ。その時、いじめている方の子たちは「関係ない」って顔でちょっと笑ったりして、先生の話なんて全然聞いていなかった。で、いじめられている子は、まっすぐ先生の顔を見てうなずいている。へん。なんでいじめられている方が、努力して気に入られるようにしなくちゃならないわけ？　○○ちゃんは、やさしいから、自分からいじわるしたり、やり返したりしない。それどころか、「わたしに悪いところがあったら、言って」なんて言うんだ。それで、周りはますます調子に乗って……。

わたしは、最近、もう「グループでべったり」っていうのをやめにした。何をするのもいつもいっしょ、って感じだったけど、時には自分で好きにするほうがラク、って気づいた。

最初にそう思ったのは、わたしがいじめられている子と仲良くし始めた時だった。急にわたしが「ハブられそうに」なった。わたしを見て、ヒソヒソしているのがわかる。「え？　もしかして、わたし？」って思った。びっくりしたし、暗い気持ちになって、つい「何か悪いところがあるなら言って」って言ってしまった。今思うとバカみたいだけど。そしたら、その理由は、「きらわれてる○○ちゃんと仲良くしているから」だって。頭がガンガンして、涙が出そうになった。泣くのは、家に帰るまでがまんしてたけど。

でも、家に帰って泣いた後、こんなことで泣いている自分もいやだなあ、って思ったし、「わたしが誰と仲良くしても勝手じゃん」って思えた。

で、わたしがふつうにしていたら、結局、このことは自然に解決して、ふつうに戻った。一週間ぐらいだったと思う。いやな思いをしたのは。でも、一週間ってこんなに長いんだなと思った。だから、ずっといじわるされている子は、どんな気持ちだろうと思う。だいたい、いじわるって、必ず先生が見ていないところで起こるから、先生もその場で注意できないし。

昨日だってそうだった。
○○ちゃんといっしょに帰ろうとしたら、○○ちゃんの靴が片方ゲタ箱の下に落ちていた。もう片方がない。○○ちゃんは、全然あわてているふうでもなく、ちょっと笑いながら、
「またどこかに行っちゃったのかな。ちょっと待っててね」

と言って、女子ベンに入っていった。わたしもいっしょに入って、探した。なんでこんなところでこんなことやってんの、と思いながら。

「ないね。おかしいね……。まさか、男子ベンにあるはずないよね」

って言うので、わたしがとなりの男子ベンに入ってみた（誰もいなかったので）。

そしたら、あった。片方の靴が。○○ちゃんは、一瞬ちょっとびっくりした顔をしたけれど、

「あった、あった。じゃ、帰ろ」

とニコニコして言う。わたしは、固まってしまった。こういう時、何て言ったらいいんだろう。○○ちゃんは、なんでそんなに落ち着いていられるの？　こんなこと、しょっちゅうあるの？　……いろいろ思ったけれど、何も言えなかった。誰かの靴がなくなった、ってことは、前にもあったけど、実際にその場を見たのは初めてだし……、何を言ったらいいのか……、何も言わない方がいいのか……、どうしたらいいのかわからなくて、悲しかった。○○ちゃんは、こんなことされて、いつもひとりでがまんしてたのかな。でも、だめだよ、それじゃ。

こういうのって、すごくいやだ。学校って、なんでいじめみたいなことが起こるんだろう。塾では、ないよ、いじめなんか。まあ、みんなそれどころじゃないしね。お互いに励ましあったり、なぐさめあったり、ってことが多い。○○ちゃんの塾でだって、いじめはないって言ってた。そうだよね。わたしが塾に行っていて、よかった、って思うのは、こ

ういう時でもあるんだ。目標も同じだし、いろんな子がいて、楽しい。学校だけだったら、息が詰まりそう、って思うこともあるのにね。

家に着くちょっと前のところで、○○ちゃんに言ってみた。

「自分の好きな中学校に行けば、友だちたくさんできるよ」って。そしたら、

「わたしもそう思う」

って明るく言ってくれた。そうだよね、どうせ中学はみんなバラバラになるんだし、自分の好きな学校に行けるように、がんばったほうがいいよね。

受験まであと100日切った。

昨日の話の続きなんだけど、塾にはいろんな子がいる。夏から渋谷校舎に移って、女の子ばっかりでどうなるんだろう、って思ったけど、今はラク。みんな、けっこう自分の思ったことを自由に言うし。仲良しのオカちゃんは特に、あっさりサッパリ系。周りに流されない人だ。オカちゃんとは、自然に気が合う。おんなじ目標があるし。テストのたびに「がんばろうね」って励まし合ったりで、こういうのが友だちなんだなあ、って思える。

日曜日は日曜日で、ふだんよりも人数が多くなって、ちょっとふんいきが変わる。もの

すごくできる子がいるんだけど、なんでこんなにすごいの、って思うくらい、パーフェクトなんだ。頭はいいし、かっこいい、授業中だってビシッとしていて、何でも答えられる。こういう子もいるんだなあ、あこがれるよなあ、って思った。

ところが、意外なところを発見した。お弁当を食べる時に、その子がサラッと言ったんだ。

「わたし、あの授業あんまり好きじゃない。先生のむだ話が多くて」

みんな、目を丸くして、いっしゅん絶句した。言うことがちがうんだよね、わたしたちとは。だって、その授業はちょっといばってる先生で、だれも文句なんて言えないようなふんいきだし、今まで批判したような子はいなかった……と思う。実は、本当はわたしも同じようなことをぼんやり考えていたけど、わたしの成績では、文句なんて言えない。成績で全部決められるようなところあるしね、塾って。特にこの授業はそうだ。できるようになってから言え、って感じ。でも、なんだか、その子がはっきりと、しかもポロッとなにげに言っているのを聞いて、スーッとした。そうなんだー、って、なんか知らないけど納得するような気持ちになった。

次の週の日曜日、その「デキル子」がわたしの席のとなりになった。いつもどおり、問題を解いた後の点数は、ダントツ、トップ。すごい。テスト解説の途中で、また先生の長い「ムダ話」があちこちにあって、やっと授業が終わった。そしたら、先生が出て行くなり、ボソッと、

「あーあ、終わった。……ったく、ムダ話が多いんだよ。早く説明しろって」

と言うので、今度は思わず笑ってしまった。受験が近づくにつれて、授業中に「こんなじゃだめだ」とか「このままじゃ落ちる」とか言われることが多くなって、いやだなあ、と思うこともある。前の校舎の時のように、「勉強していて楽しい」なんて思うどころじゃなくなってしまった。でも、ここでいっしょに勉強している友だちは、すごくいい。自分ひとりじゃないんだ、って思える。それに、自分に自信がある子が多いから、それも好きだ。

もし、女子校がこんな感じだったら、女子校も悪くないなあ、って思う。

今日、最後の「学校見学」に行ってきた。っていうより、文化祭を見に行った。これで、受験する学校を全部見たことになる。

今日の学校は、すごく期待していたのに「アレ?」って感じだった。やっぱり、見てみ

ないとわかんないなあ、っていうのが感想デス。それに、学校によって、ふんいきがちがっていて、それは校門を入るとすぐにわかった。女子校でも、「うわあ、女ばっかりだ〜」っていうのと、「女の子だけなのに、すごい活発で、かっこいい」と思ったところと、本当にいろいろ。

でも、これで全部見た、ってことは、残るは試験のみ、ってことだから、ドキドキする。終わったら、やりたいことがたくさんある。最近、こんなことばかり考えて、やりたいことは増える一方だ。

まず、友だちの家に遊びに行って、お泊りしたい。一晩中いろいろおしゃべりしたい。友だちのおじいちゃん、おばあちゃんの家にも誘われているし。すごい田舎で、そこには「ボットン便所」があるそうで、それも体験してみたい。

旅行にも行きたい。特に沖縄。……と、九州。

前に塾で習った先生に会いに行きたい。特に、国語の高畠《たかばたけ》先生。今、どこで教えてるのかな。わたしは、先生のおかげで国語が好きになったんだよ。

それから、好きな本をいっぱい読むこと。今は時間がないから、あんまり読めないけど、ベッドにねころがって、一日中ぐーたらぐーたらしながら、本を読みたい。あ、あと、ちょっと大人っぽく、喫茶店で本を読む、ってのもいいな。

あとは、お母さんと買い物にも行きたい。お母さんは、「韓国にキムチ食べに行こう」って言っているけど、わたしは友だちと忙しいから、お母さんとは買い物だけね。フリマは、午前中だけ、とか午後だけ、とかじゃなくて、一日つきあってもいいよ。

あと、教会の中学生会に入って、友だちをつくりたい。今は、日曜日のミサにも行けないことがあるけど、中学生になったら、朝からずっと中学生会でいろいろ（中身は、よくわからないけど）やるみたいだし、他の学校の友だちもできそう。そうだ、三年にいっぺん、広島旅行があるんだ。それって、来年のはず。待ち遠しい。

それから、今、少しお休みしているピアノも待ってる。

やりたいことは、まだまだ増えてきそう。試験、早く終わって欲しいような、ゆっくりきて欲しいような……。でも、ちょっとやる気が出てきた。

ひとりでまっていた日のこと

あれからもう一年になります。てん校してきて、まだ家と学校のおうふくばかりでしたが、ときどき駅にお母さんをむかえに行くのがとても楽しみでした。まだあまりよく知らないところをひとりで歩くと、どきどきするのです。

その日も、お母さんがお仕事の帰りに電話をかけてきて、

「四時四十五分に駅につくから……、きてくれる?」

と言ったので、わたしはうれしくなって、すぐに、

「うん、わかった!」

といい、電話を切りました。やくそくの時間まで、あと三十分はあります。ピアノのれん習をしていても、気になって、時計ばかり見てしまいました。四時半になると、まちきれずに、家をとび出しました。地下てつの千石駅までは五分でつきます。早めに行ってかいさつ口で待とうと思いました。かいだんをのぼってくるお母さんを見るのが楽しみです。

わたしは、かいさつ口のまん前に立っているので、お母さんからははっきり見えるはずです。

目の前にある四角い時計が、ちょうど四十五分をさしています。まだ、お母さんの顔は見えません。女の人の声で「二番線には……」というアナウンスが聞こえてきました。電車の音がして、たくさんの人がかいだんをのぼってきます。この中にお母さんがいるはずです。かいさつ口から出てくる人をようく見て、お母さんを見うしなわないようにしなければなりません。おとなの人がどんどん出てくるのですが、お母さんのかおは見えません。いつも、かいだんをのぼってくる時は、さいしょの方なのです。

赤いコートが見えました。

「あ、お母さんだ」

わたしは、うれしくなって手をふりました。でも、わたしのほうを見ずに、さっと通りすぎてしまいました。お母さんではありませんでした。同じぐらいのかみの毛の長さで、同じようなコートを着ていたので、まちがえてしまったのです。何人も何人もかいさつ口を通ったあと、高校生ぐらいのおねえさんがゆっくりあるいてくると、そのあとはもうだれもいません。

それからまた電車がきました。さっきのように、たくさんの人がかいさつ口から出てきます。でも、お母さんは、この電車にも乗っていなかったようです。わたしは、ちょっと心配になって、外に出るかいだんをのぼって、上まで行ってみました。もしかしたら、お母さんは駅の入り口でまっているかもしれないと思ったからです。外はもう、暗くなってきました。それに、駅に走ってきた時は、このシャツ一まいでちょうどよかったのに、いまはさむくてブルッとします。こんなところで、お母さんがまっているはずがないと思い、また走ってかいだんを下りました。かいさつ口の前の大きなはしらの前にもどって時計を見ると、もう五時です。電車がおくれているのにちがいありません。

ずうっと時計を見ていると、なきそうな気持ちになってきました。はしらのよこにいるおじさんも、だれかをまっているようです。わたしのほうをちらちらと何ども見るので、わたしはなみだがたまっている目を見られないように、ぐっとがまんをして、できるだけへいきな顔をしようと思いました。十五分くらいして、同じようなおじさんがきて、ふたりでいろんな話をして、楽しそうです。わたしのこともすっかりわすれたように、わらいながら行ってしまいました。それを見て、わたしはなんだかくやしいような、かなしいような気持ちになって、きゅうになみだがこぼれました。

五時半になりました。もう、ピアノのレッスンがはじまる時間です。お母さん、わすれているはずがないのに。ピアノがある日は、お母さんはかならず早めに帰ってきて、いそいでごはんを食べて、いっしょにじてんしゃで行くのです。それに、きょうはおとうさんがとまりがけで大阪にしゅっちょうなので、お母さんとわたしとで、外で何か食べようとやくそくしていたのです。

時計が六時をまわりました。ますます心ぼそくなるばかりです。わたしは、

「おかあさんどうしたの」

とひとり言を言いながら、まちました。家に電話をしてみようかなとも思いましたが、いそいできたので、家のかぎしか持っていません。電話をするお金もないし、うろうろしている間にお母さんを見うしなったらこまるし、だから、とにかくここでずっとまっていようと思いました。でも、いままでこんなことはありませんでした。電車がおくれているのか、お母さんがこうつうじこにあったのか、いろいろ考えました。

もうそろそろ七時です。なんだかわからないけれど、とにかくあきらめて、帰ることにしました。

外はもう、まっくらです。かどのやおやさんでは、はこをかたづけはじめています。く

らいし、さむいし、きゅうにこわくなりました。クリーニング屋さんのところだけ、明るい電気がついています。走るとよけいにこわくなるので、早歩きでクリーニング屋さんを目ざしました。すると、とおくから「はなえ」と聞こえるような気がしました。わたしをよぶ、お母さんの声です。あわててふりむくと、やおやさんのむこうに、お母さんのつかれたすがたが見えます。思わず、なみだがいっぱい出てきました。お母さんも、はあはあといきを切らしながら走ってきて、半分ないていました。

「どこにいたの。心配して、いままでずっとさがしまわっていたんだから」

というので、わたしは、

「わたし、ずっと駅にいたよ。駅でずっとお母さんまっていたんだよ」

と言いました。お母さんはおどろいて、

「どうして駅に行ったの。お母さんは、四時四十五分に駅につくから、さくらぎんこうの前で待っててね、って言ったじゃないの。お母さんはぎんこうの前でずっと待っていたのに。まちあわせは、いつもぎんこうの前じゃないの」

と言うのです。

「えー、だってわたしは……」

「とにかく家の中に入って話そう」

わたしは、びっくりしたのと、お母さんにあえてあんしんしたのとがまじって、よく考えられませんでした。

家に入るとすぐに、お母さんは、

「早く駅についたから、お金をおろしに銀行に入ったけど、四十分には銀行の前に立っていたんだよ。やくそくの時間は四十五分でしょう」

と言います。わたしは、やくそくの時間はわかっていたけれど、駅でまちあわせだと思っていたのです。お母さんが出てくる時、

「早くきて、まっててくれたの？」

と言ってくれるのが楽しみで、走って駅に行ったのです。わたしがぎんこうの前をとおり、駅のかいだんをおりて行った時、お母さんはぎんこうの中にいたのでしょう。ちょっとのさですれちがいでした。

お母さんは、わたしがぎんこうの前にいないので、わたしをさがしまわっていたそうです。駅のかいだんをおりて、ぐるっと見まわした時には、わたしが見えなかったというのです。わたしは、ずっと大きなはしらのまえに立って、かいさつ口の方を見ていたのです

が、お母さんからは、はしらのかげにいるわたしが見えなかったようです。

あちこちさがしても見つからないので、お母さんは、ふくしまのおばあちゃんに電話をしたり、110番に電話をしたりで、大さわぎになっていました。近くの交番のおまわりさんが家にきて、何時ごろいなくなったのか、など、くわしく聞いて行ったそうです。おばあちゃんは、やす春おじさんに電話をして、どうしたらいいか、そうだんしました。おじさんは、おじいちゃんのきょうだいで、前はおまわりさんだったそうです。お母さんは、110番に電話をした時、おまわりさんから、家にいてれんらくをまつように、と言われたのですが、おじさんから電話がきて、外をもう一どさがしたほうがいいと言われて、七時ごろ、また外に出てみました。その時、わたしが歩いているのを見つけたのです。

家にかえるとすぐ、お母さんはけいさつに電話をして、わたしが見つかったと知らせました。電話をしている時、やす春おじさんがきました。おじさんは、しんけんなかおで入ってきました。しばらくお母さんと話した後、わたしを見ると、ほっとしたように、

「はなちゃん、外でのまちあわせはしないほうがいいね。これからは家でまちなさい」

と言いました。おじさんからは、おこられると思っていたので、やさしく言われてちょっとびっくりしました。おじさんは、ひがしむらやまという、電車で二時間ちかくかかると

ころから、しんぱいしてきてくれたのです。あしたの朝、お仕事があるので、すぐにかえるといい、おちゃを一ぱいのんだだけで、立ちあがりました。お母さんといっしょに、おじさんをとちゅうまでおくりに行きました。しのばずどおりに出ると、おじさんは、

「おれは、ここでいい。早く、そっちの交番にあいさつに行け。おれは駅のむこうの交番によっていくよ」

と言い、にっこりとわらって、早足で駅のほうに歩いて行きました。おじさんは、べつの交番におれいを言ってから帰るそうです。わたしのためにこんなとおくまできてくれて、すごくしんぱいかけてしまいました。

おじさんのうしろすがたが見えなくなってから、お母さんといっしょに、みかんとサンドイッチを買って交番に行きました。体が大きくて、やさしそうなおまわりさんが出てきました。お母さんがけいさつに電話をした時に、家にきてくれたおまわりさんだそうです。おまわりさんをこんな近くでみるのははじめてなので、きんちょうします。ぼうしのおくから、せんのようにほそくてにっこりした目が見えます。お母さんといっしょにお礼をいうと、太い声で、

「よかったね。お母さんに会えて」

と言ってくれました。わたしは、きんちょうがとけて、きゅうに明るい気持ちになりました。でも、わたしがまちあわせのばしょをまちがえて、いろんな人にしんぱいをかけてしまったので、これからは気をつけようと思います。家にかえったら、おばあちゃんにも電話をしなければなりません。

交番を出ると、お母さんは、

「おうちに帰ろうね」

と言い、わたしの手をぎゅっとにぎってくれました。交番の前のしんごうをわたるとき、お母さんと手をつないで、なんだかうれしいです。

その日は、まるでゆめをみたような、ふしぎな日でした。お母さんは、歩きながら、

「これから、気をつけないとね。みんなにしんぱいかけたね」

と言いながら、わたしのかおを見ました。

わたしは、お母さんのかおを見て、

「うん」

と言いました。

〈読売新聞社主催　第五十回　全国小・中学校作文コンクール東京都審査　読売新聞社賞受賞作品〉

あとがきに替えて——わたしと本

「あとがき」って、何を書いたらいいんだろう……って、いろいろ考えていたら、小さい頃からの大事な本が次々と頭に浮かんできた。まず、その本たちに「ありがとう」って言いたい。特に、わたしに力をくれた四冊の本。わたしは、この本たちにいつも励まされてきた。

アメリカにいる時、初めて買ってもらった『I LIKE ME』っていう本。何度も何度も読んだ。声を出して読まないと、感じが出ない本なんだ。かわいいブタの女の子が、「わたしは、こんなこともできるし、あんなこともできる。わたしはわたしが大好きなの」っていう、ハッピーな話。この本、わたしは今でも時々、声を出して読む。表紙の裏にはってある二歳のわたしも、ハッピーな顔をしている。この本を読んでいると、必ず元気が出てきて、最後のページではいつも笑っちゃう。ブタ子ちゃんが、

“I'll always be me, and I like that.”

と言って、にっこり笑っている。わたしも「そうだね」って思う。アメリカのわたしが、この本の中に、いる。

それから、わたしが四年生の時、学校で「一年生に本の読み聞かせ会」っていうのがあって、その時、わたしが選んで読んだ『はせがわくんきらいや』。最初に読んだ時は、ドヒャーって感じだった。絵も、文字も、内容も、びっくり。図書館から借りてきて、一度返した後また読みたくなって、何度も借りに行った。わたしは、「クマさん」とか「タヌキさん」とかが出てくる絵本はあんまり興味がなかったし、一年生に読んであげる、って言っても、自分が好きじゃないのは選びたくなかったから、まよわず、大好きな「はせがわくん」を選んだ。「読み聞かせ会」の前に先生がつくった人気の本リストには、わたしが知らない本の名前ばかりが並んでいて、「はせがわくん」は、なかった。「やっぱり……」ってちょっとがっかりしたけど、ますます「読みたい」って思った。わたしは、関西弁も練習して、気合を入れて読むことにした。

「読み聞かせ」では、がらんと空いた教室のあちこちに四年生がひとりずつ椅子に座って、一年生がくるのを待つ。そして、一年生は、自分が興味のある本のところに行って、読んでくれる四年生を囲んで座る。絵本を読むのは、六分ぐらいだから、一年生は、五回分くらい、いろんな絵本のところに行ける。で、最後に、自分が気に入った「読み聞かせ」の本の感想をカードに書いて、読んでくれた四年生に渡す。

一年生が教室に入ってきて、わたしの前に座った。わたしはちょっとドキドキしながら読み始めた。最初、みんな、げらげら笑っていた。キョウレツな絵と、わたしの不自然な関西弁と、何度も出てくる「はせがわくん、きらいや」ってセリフのせいかも。でも、だんだん静かになって、最後の方は、シーンとして聞いてくれていた。真剣な目でじいっと本を見て、悲しそうな顔の子がいる。読み終わってから、教室を出て行く時、「おもしろかったよ」って何人も言ってくれたし、後の感想カードにも、「かなしくておもしろかった」って書いてくれた子もいた。そうだよね、「かなしくておもしろい」って、アリだよね。わたしがもらったカードは、四年生で読み聞かせした中で一番多かった。すごくうれしかった。大好きで、大事な本。

わたしは、今も、時々「はせがわくん」に会いたくなって、図書館に行く。

それから、『ゆき子はいま十二歳』。ゆき子のお父さんはなぜか本の中に出てこないんだけど、複雑な家の女の子の話。けっこうクライけど、ゆき子がたくましくて、いいなあ、って思えるんだ。この本を読んでいる時、ちょうど『ｓｐｏｏｎ．』のお仕事があって、撮影の合間に読もうと思って持っていたら、編集長の斉藤さんたちに、「すごい話だね。これって、ホントに小学生向けなの？」ってびっくりされた。でも、わたしはこういう話が好きなんだ。悲しいけど、元気になれる、わたしの「頼れる本」。

それよりも明るくて、友だちがいっぱい出てくるのが、『12歳たちの伝説』。五年生になって、友だち関係がぐちゃぐちゃしそうな頃、この本を読んだ。虫垂炎で入院した時、『12歳たちの伝説』のⅠからⅢまでの三冊を読み返した。何もしないで、ベッドで好きな本を読んで……、最高の五日間だった。ホントの友だちができたみたいで、ひとりで病院にいても全然さびしくなかった。

そうしたら、一か月後、なんと、読売新聞社の作文コンクールの審査員に、「後藤竜二」っていう名前を見つけた。『12歳たちの伝説』の作家だ。新聞には、わたしの作文が賞に入った、っていう記事が出ていたけど、それより、自分の作文を大好きな作家が読んでくれたんだ、っていう方がびっくりで、名前を見ているだけでドキドキした。表彰式の時は、もっとドキドキで……、緊張と感動とで、手も声もふるえが止まらなかった。

あの時、「わたしもいつか本を書きたい」って思った。

本の力って不思議だ、ってすごく思う。お兄ちゃんがアメリカに行く一週間ぐらい前、お母さんは、「もう図書館から借りられないから」って言って、モトイの好きな本をいっぱい買ってきた。もう読んだ本がほとんどなのに、「いいの、いいの、何回も読むはずだから」って言って……、二冊ずつ。重松清の本ばかり。

「なんで二冊ずつなの?」とわたしが聞くと、

「一冊は、お母さんが自分で読むから」と言う。また読みたくなったら、図書館に行けばいいのに、と言おうとすると、わたしが言いたいのをわかっているかのように、

「図書館にも行けるけど、そばに置いておきたい、って思う本なんだよね」

と、買ってきた本を大事そうに見ながら言う。

確かにそうかも。お母さんが、ページをめくらずにじーっと見ているような、考えているような時がある。ハナをかみながら読んでいる時もある。……かと思うと、「元気になる」とか、「日本に帰ってきて良かったよ。こういう本に会えて」とまで言う。まるで友だちみたいに。

モトイもそうだ。最初、『ナイフ』にハマって、それから次々と、重松清の本を読み始めた。だぼだぼのジーンズのポケットには、いつも「シゲマツ」の本が突っ込んであった。

わたしはちょっとくやしいような気持ちになった。わたしの方が日本語ができる、って思っていたのに、モトイから「ハナエには、シゲマツの良さは、まだわかんないかもしれないよ」なんて言われた時は、カーッとなった。確かに、暗くてフクザツで、どうなっちゃうの？　って思う話が多くて、わからないところもあるけど……。モトイは、お母さんとあんなにケンカしていたのに、「シゲマツ」でつながっている。

わたしは、いつか、モトイのズボンのポケットに入れてもらえるような本を書いてみたい。モトイに「おもしろかったよ」って言ってもらいたい。

それまで、ちょっとずつ、書きつづける。また、たくさんの本に力をもらって。


わたしに元気をくれた本たち、ありがとう。

わたしをいつも図書館に連れて行ってくれたお母さん、ありがとう。お母さんのおかげで、いろんな本に出会えたよ。

『ｓｐｏｏｎ.』の編集長の斉藤さん、事務所の窪田さん、作文を書くチャンスを与えて下さって、本の出版を実現させて下さって、ありがとうございました。そして、なによりも、最後までわたしの作文を読んで下さった方に心からお礼をいいたいです。

『小学生日記』を読んで下さってありがとうございました。

二〇〇三年十一月十八日

ｈａｎａｅ＊

文庫本のためのあとがき

わたし自身との二年ぶりの再会。

小学生のわたしが目の前にいる。今の何倍も時間がゆったりと流れている。地下鉄の駅の改札口で二時間もお母さんを待っていたのは、二年生の冬。エリカちゃんと過ごした三年生の夏。あの後、お兄ちゃんが日本に帰って来て、わたしは塾に通い始めた。夜遅く電車で帰る時、いつもオカちゃんといっしょだった。家族で行った京都の春。小学校最後の八ヶ岳《やつがたけ》での移動教室。

あの時のみんなが、目の前にいる。もう会えない人達がいる。

エリカちゃんとは不思議な別れ方をして、あれ以来どうしているかわからない。小学校を卒業して、友達はみんなバラバラになった。たまに学校の帰りに「ひさしぶり、元気?」なんて声を掛け合うことはあるけれど、もう小学生の時とはちがう。

保春《やすはる》おじさんは、去年亡くなった。わたしが「まいご」になった時、心配して家に来てくれたおじさん。わたしを見た時、眉間《みけん》のしわがパッと取れて笑ったおじさんの顔。不忍通《しのばず》りで「じゃあな」と言って、足早に駅へ向かって行ったおじさんの後姿。はっきり覚えている。だから、お葬式に行っても、おじさんのピシッとした写真のイメージだけが強くて、もういないってこと自体信じられなかった。

それから、つい最近「お父さん」との別れもあった。「小学生日記」の中のわたしは、楽しそうに笑ったりはしゃいだりしている。一番楽しかった頃のことを考えると、ちょっとつらい。すごく楽しかった大切な思い出だから、よけいにくやしい。いなくなるなら、最初からわたしの思い出の中に入ってこなければよかったのに、と思う。携帯のメールを削除するように、ボタンを押してパッと消してしまえたらいいのに……。

でも、みんな、ここにいる。

あの時と同じ笑顔のままで。

この二年間で、新しい出会いもあった。

中学に入り、新しい友達ができた。教会でも、かっこよくて頼りになる大学生のリーダー達に出会った。

それから、わたしの「小学生日記」を読んでメールや手紙をくださった方達との出会い。会ったことも声を聞いたこともないのに、書いた中でつながっている。わたしと同じ年で「学校に行ってない」という女の子の手紙は、明るくて、笑いがいっぱい詰まっていた。わたしの知らないことばも使われていて、ものすごく文章がうまい。不登校っていうイメージとぜんぜんちがう。実際に話さなくても、会わなくても、ちゃんとつながっている。

わたし自身、本の中での大きな出会いがあった。読み終えてパタンと閉じてもなかなか消えて行ってくれない。重松清さんの「ビフォア・ラン」に出てくる紀子とまゆみがそうだった。壊れてしまったまゆみに「かわいそう」と言われている紀子は、わたしだ。まゆみの前で少しずつ本音を出している自分がいる。

現実よりも現実的な出会い。

見えなくとも、文字を通して強くつながっている。

だからこそ、わたしは書き続けているのかもしれない。

「小学生日記」を改めて読み返して、今でもわからないことはたくさんある。

でも、もう会えなくなった人達とも、一度も会ったことがない人とも、声を聞いたことがなくとも、わたしは、文字の中でつながることができる。それで、とりあえず前を向ける。

今回、文庫になるにあたり、憧《あこが》れの重松清さんが解説を書いてくださることになり、ドキドキする。わたしが書いたものを読んでくださっただけでもうれしいのに……。夢みたいだ。

重松清さん、ありがとうございます。

そして、わたしの文章を何度もていねいに読み返してくださった角川文庫の吉良さん、ありがとうございました。

最後になりましたが、この本を手にしてくださった方へ。

わたしの文章を読んでくださり、ありがとうございました。ぜひ、またお会いしたいです。

二〇〇五年六月二十日

hanae*

解説

重松　清

ぼくはまず、hanae*さんに大きな声で、心を込めて、「ありがとう!」を言わなければならない。

「シゲマツの名前もちらっと出てるんだぜ」と何人もの知り合いに言われて読んでみた単行本版の『小学生日記』——もう一年半以上も前のことになるのに、いまでもそのときの胸の高鳴りはくっきりと覚えている。

いや、記憶に残っているだけではない。再読するたびに胸がどきどきする。息が詰まる。頰がゆるむような引き締まるような、なんとも微妙な表情になってしまう。今日もそうだ。ついさっきまで、この解説の小文を書くために何度目かの再読をしていた。ストーリーもお気に入りのフレーズもすっかり頭に入っているはずなのに、やっぱり胸が高鳴った。息が詰まって、どんな表情をすればいいのかわからなくなって……じつを言うと、「重松清」が登場する箇所では、いつだってぼくは「ひゃっ」と肩をすぼめて、頭をぽりぽりと掻《か》いてしまうのだ。

恥ずかしい。照れくさい。なんとなく、世界中のみんなに「ごめんなさいっ」と謝ってしまいたくもなる。でも——だから、とにかく、むしょうにうれしいのだ。自分よりずっと歳の若い「作家」のデビュー作、いわば「始まりの一冊」の中に、自分の名前がちらりとでも登場するなんて、オジサンの作家（なにしろｈａｎａｅ＊さん、きみはウチの長女よりも年下なんだぜ）にとって、これほど照れくさくて、これほどうれしくて、これほど光栄なことはあるだろうか。

たんに名前が出ているからうれしいのではない。そうじゃない。絶対に違う。だって、『小学生日記』ってスゴい本なんだもの。小学生でなければ決して持ち得ないまなざしで ｈａｎａｅ＊さんが見つめた世界が、そのまなざしのまま、文章に移し替えられている。オトナの作家には真似ができない。といって、小学生がフツーに原稿用紙に向かって書けるものでもない。小学生にしか書けないけれど、小学生には書けない——というジレンマをみごとに超えた、まなざしと言葉がひとつになった世界が、ここにある。オトナの作家として、ほんとうはこんな言葉をつかいたくはないけれど、「奇跡」のような一冊だ。その隅っこに自分の名前が出ているわけだ。じゃあ、やっぱり「ありがとう！」としか言えないじゃないか。

本書によると、お母さんとモトイくんが、ぼくの本を読んでくれているらしい。うれしい。すごく。で、なぜうれしいかというと、お母さんとモトイくんの二人がどんなに魅力的なのかが、読者であるぼくにちゃんと伝わっているから。「お母さん」「モトイ」という名前だけではなくて、二人の人間が、厚みと温《ぬく》もりとを持ってぼくの頭の中にはっきりと浮かぶ。会ったことなんてないのに、hanae＊さんの文章が、二人のことを、まるで古くからの知り合いのように思わせてくれる。だからこそ、「こんな二人に読んでもらえるなんて、シゲマツの小説もけっこうやるじゃん」と誇らしくもなる。それが、言葉の力なのだと、思う。

お母さんとモトイくんにかぎらず、おばあちゃん、エリカちゃん、Yさん、モミヤマさん、お父さん……もちろん、「わたし」として登場するhanae＊さん自身も……この本に出てくるひとたちは、みんな、ぼくたちのすぐ目の前にいるみたいに、いきいきと動いて、しゃべって、悩んだり笑ったり怒ったり泣いたりしている。顔写真なんてないのに。

アニメやCGみたいに音声付きで動いたりもしないのに。

それが、何度でも言うけれど、言葉の力なのだ。そして、言葉の力の根っこにあるものは、間違いなくhanae＊さんの、自分自身をも含む「ひと」を見つめるまなざし。そしてさらに、まなざしの源をずうっとさかのぼっていけば……そこには、hanae＊さんの思いが、ある。

どんな思い――？

それはオジサンに言わせるべきではない。せっかくの答えが脂っこくなってしまう。

本書に収録された作文すべてに、答えはちゃんと埋め込まれている。

もっとはっきりとした答えを知りたければ、hanae＊さん自身による『文庫本のためのあとがき』を読むといい。『あとがき』なんて謙遜《けんそん》しているけれど、どこからどう見ても立派な作品だぜ。それも、とびきりの――。

hanae＊さんに、もう一言伝えなければならない言葉がある。さっきの「ありがとう！」よりもさらに大きな声で、万感を込めて、「おめでとう！」。

『文庫本のためのあとがき』を読んで、確信した。

ぼくたちは、いま、新しい「作家」の誕生に立ち会っているのだ、と。

本文の後日譚《ごじつたん》、エピローグをあとがきで書くのは、とても勇気の要ることだ。もしもヘタな書き方をしてしまったら、せっかくの本文の余韻もぶち壊しになってしまうし、読者が本文から思い描いていた登場人物一人ひとりの魅力をも消し去ってしまいかねない。それでも、ｈａｎａｅ＊さんは書いた。「失敗を恐れず」と言ってしまうと軽すぎる。たとえ失敗になろうとも、どうしても書きたかった。いや、書かずにはいられなかったのだと思う。一冊の本をしめくくる後記というより、むしろ、分量は短くとも「最新作」として。

単行本刊行から約二年を隔てて、中学生になったｈａｎａｅ＊さんは、それぞれの作文を書いた「あの時」の自分と再会し、「あの時」の世界と再会した。〈みんな、ここにいる。／あの時と同じ笑顔のままで〉――小学生の頃のｈａｎａｅ＊さんが作文に刻みつけた言葉の力を、いま、中学生のｈａｎａｅ＊さん自身が受け止めたのだ。そして、十四歳のｈａｎａｅ＊さんが、いまの自分が向き合っている世界を、十四歳の言葉の力で描き出したのが、たとえばあとがきの中の、こんなフレーズなのだろう。

〈もう会えなくなった人達とも、一度も会ったことのない人とも、声を聞いたことがなく

とも、わたしは、文字の中でつながることができる。それで、とりあえず前を向ける〉

ぼくの考える「作家」の定義を書いておく。

小説を書くのを職業にしていることが「作家」の条件ではない。フィクションを書かなければ「作家」ではない、とも思わない。

言葉で誰かと（そして、世界と）つながることの素晴らしさと楽しさを知り、と同時に難しさをも噛《か》みしめて、それでも言葉の力を信じて、誰かとつながり合えることを祈って、暗闇の中に文章を差し出すひと――。

ぼくは、そういうひとを「作家」と呼ぶ。

だから、ｈａｎａｅ＊さん、きみはもう、紛れもなく「作家」なんだよ。

もちろん、ｈａｎａｅ＊さんの旅は、まだ始まったばかりだ。「作家」としても、子どもからオトナへと移り変わる一人の「ひと」としても。

「始まりの一冊」に、ぼくの名前を書いてくれて、ほんとうにありがとう。ｈａｎａｅ＊さんが「作家」になるための第一歩、この本の巻頭にある献辞を借りるなら〈今まで元気をくれた、たくさんの本〉のリストの隅っこに重松清の作品があるのだとすれば、これほどうれしいことはない。

でも、おそらく、この本に出てきた「シゲマツ」や「重松清」の箇所には、これからどんどん別のひとの名前が入っていくだろう。それでいい。そうでなくちゃ、だめだ。別のオトナの作家、同世代の作家、もっと若い作家、あるいは十八世紀のフランスの作家でもいいし、十九世紀のロシアの作家でもいい。これから、もっともっとたくさんの本と出会って、つながって、重松清のことなんて「ああ、あんなオジサンもいたっけね」と忘れてくれればいいから（娘を持つ親父《おやじ》というのは、なにかにつけてヒネクレてしまうものなのだ）。

そして、hanae＊さん、きみはやがて気づくはずだ。『小学生日記』そのものが、数多くの読者にとっての「元気をくれた本」になっていることに。

担当編集者に聞いた。この解説の小文が書き上がれば、文庫本の編集作業は完了するらしい。もうすぐ、hanae＊さんの「始まりの一冊」が、文庫本というハンディな装いで書店に並ぶ。新しい出会いと、新しいつながりが、待っている。わくわくして、どきどきして、それが「作家」の醍醐味《だいごみ》なんだよ。

この本の中で、ぼくがいっとう好きなフレーズを、最後に書いておく。『ポテトサラダにさよなら』のラストの一文――でも、これは、大きな始まりの一文でもあると思うから。

〈信号が青にかわり、わたしは、ゆっくりと自転車をこぎだした〉

二〇〇五年六月

［口絵写真］
撮影＊新津保建秀
スタイリング＊田所幾江
ヘア＆メイク＊樅山敦

本書は、二〇〇三年十二月にプレビジョンより
単行本として刊行されたものです。

※本書は、角川文庫として「hanae*」の著者名で刊行してまいりました『小学生日記』（初版・再版）と同一の作品です。作者がペンネームを変更したのを機に、二〇〇六年発行の第三版より、著者名を「華恵」に改めました。あとがき、解説も含め、本文は従来のままとしました。（編集部）

小《しょう》学《がく》生《せい》日《にっ》記《き》

華《はな》恵《え》

角川文庫 13875

平成十七年七月二十五日　初版発行
平成十八年八月　十　日　五版発行

発行者——井上伸一郎
発行所——株式会社角川書店
東京都千代田区富士見二—十三—三
電話　編集(〇三)三二三八—八五五五
　　　営業(〇三)三二三八—八五二一
〒一〇二—八一七七
振替〇〇一三〇—九—一九五二〇八

印刷所——暁印刷　製本所——BBC
装幀者——杉浦康平

は 31-1　ISBN4-04-377601-2　C0195

角川文庫発刊に際して

角川源義

第二次世界大戦の敗北は、軍事力の敗北であった以上に、私たちの若い文化力の敗退であった。私たちの文化が戦争に対して如何に無力であり、単なるあだ花に過ぎなかったかを、私たちは身を以て体験し痛感した。西洋近代文化の摂取にとって、明治以後八十年の歳月は決して短かすぎたとは言えない。にもかかわらず、近代文化の伝統を確立し、自由な批判と柔軟な良識に富む文化層として自らを形成することに私たちは失敗して来た。そしてこれは、各層への文化の普及滲透を任務とする出版人の責任でもあった。

一九四五年以来、私たちは再び振出しに戻り、第一歩から踏み出すことを余儀なくされた。これは大きな不幸ではあるが、反面、これまでの混沌・未熟・歪曲の中にあった我が国の文化に秩序と確たる基礎を齎らすためには絶好の機会でもある。角川書店は、このような祖国の文化的危機にあたり、微力をも顧みず再建の礎石たるべき抱負と決意とをもって出発したが、ここに創立以来の念願を果すべく角川文庫を発刊する。これまで刊行されたあらゆる全集叢書文庫類の長所と短所とを検討し、古今東西の不朽の典籍を、良心的編集のもとに、廉価に、そして書架にふさわしい美本として、多くのひとびとに提供しようとする。しかし私たちは徒らに百科全書的な知識のジレッタントを作ることを目的とせず、あくまで祖国の文化に秩序と再建への道を示し、この文庫を角川書店の栄ある事業として、今後永久に継続発展せしめ、学芸と教養との殿堂として大成せんことを期したい。多くの読書子の愛情ある忠言と支持とによって、この希望と抱負とを完遂せしめられんことを願う。

一九四九年五月三日

角川文庫ベストセラー

角川文庫ベストセラー

銀の匙《さじ》　中　勘助

土の犬人形、丑紅の牛——走馬燈のように廻る、子供の頃の想い出は、宝石箱のように鮮やか。誰の記憶の中にでもある《銀の匙》。

吾輩は猫である　夏目漱石

漱石の名を高らしめた代表作。苦沙弥先生に飼われる一匹の猫にたくして展開される痛烈な社会批判は、今日なお読者の心に爽快な共感を呼ぶ。

坊っちゃん　夏目漱石

江戸っ子の坊っちゃんが一本気な性格から、欺瞞にみちた社会に愛想をつかす。ロマンティックな稚気とユーモアは、清爽の気にみちている。

草枕・二百十日　夏目漱石

「草枕」は人間の事象を自然に対するのと同じ無私の眼で見る〝非人情〟の美学が説かれているロマンティシズムの極致である。

文鳥・夢十夜・永日小品　夏目漱石

エゴイズムに苦しみ近代的人間の運命を追求してやまなかった漱石の異なった一面をのぞかせる美しく香り高い珠玉編。

兎の眼　灰谷健次郎

新卒の小谷美美先生は、心を開かない一年生の鉄三に打ちのめされつつも、彼の豊かな可能性に気付いていく。永遠に読み継がれる灰谷文学の原点。

太陽の子　灰谷健次郎

ふうちゃんは、おとうさんを苦しめる心の病気は「沖縄と戦争」に原因があると感じはじめる。「生」の根源的な意味を問う、灰谷文学の代表作。